白泉社花丸文庫

愛の嘘を暴け！　もくじ

イラスト／街子《まちこ》マドカ

「テオ、それは……」

重たそうな口を開けて、フリッツが言葉を紡《つむ》ぐ。

テオは息を止め、震《ふる》えながら答えを待った。泣くのをやめようと、必死にこらえていても、ついしゃくりあげてしまう。

「勘違いだ」

——勘違い？

フリッツは繰り返した。

「お前の、俺への気持ちは、勘違いだ」

無情な一言。思ってもみなかった答え。

テオは一瞬、なにを言われたか分からなかった。

（勘違いって……なにが？）

テオドール・ケルドアは、二十歳でヴァイク国立大学を卒業することが決まった。

これは大変な栄誉だ、飛び級なんてさすが俺の弟は頭がいい、とフリッツ・ヴァイクは大喜びし、七歳からテオを引き取って育ててくれたフリッツの両親も、私たちの愛する末っ子はどこまでも完璧《かんぺき》、と褒《ほ》め讃《たた》えてくれた。

隣国で暮らす実の兄、シモン・ケルドアもすぐにお祝いのカードをくれた。電話をかけると、シモンの伴侶《はんりょ》にあたる葵《あおい》が『いつケルドアに帰ってこれる？　卒業祝いのパーティをしよう』と言ってくれた。六人いる幼い甥《おい》と姪《めい》は、競って電話口で声をあげ、ケルドアよりヴァイクに行きたいとか、一番美味《おい》しいチョコレートあげるねとか、可愛い言葉を並べてくれた。

家族たちはみな、テオのことを心から祝福してくれていた。

「ありがとう。ありがとうね、みんな」

祝われるたび、褒められるたび、テオはそう答えた。

――ありがとう。みんなのおかげだよ。

けれど次の質問には、いつもどう答えていいものか迷った。

——それで、これからどうするの？

どこかに就職をして、仕事をするのか。

大学院に進み、研究を続けるのか。

仕事をするにしても進級するにしても、どこの国で、どのように生きていくのか。

テオはどう答えていいか分からなくなり、いつも、「もう少し考えてみたいんだ」とだけ言った。優しい人たちはそれ以上、テオに質問するのをやめてくれた。

——そっとしておいてあげよう。あの子には、あの子の考えがある。

なによりも、テオはずっと「かわいそうな子」だったのだから……これからは、自由に暮らしていけばいい——。

誰もがそう考えてくれていることを、テオは直接言われなくとも感じ取っていた。

理解のある血縁者たちと、養親《ようしん》家族。

彼らはテオを愛し、理解してくれている。そんな環境に恵まれている自分は、なんて幸福なのだろう。

そう思うのと同時に、いつもテオは深い悲しみに襲われた。

これほどに恵まれながらなぜ、自分は淋しいのだろう？

なぜ——どこに行っても構わないというのは、どこでも必要ではないことだと……そう、考えてしまうのだろうか。

大学卒業を控えた五月、テオは借りているアパートの小さな部屋で、一人ベッドに丸まっては物思いにふける日が増えていた。

孤独を感じるたびに没頭《ぼっとう》してきた勉強も、この先の進路を決めないことには、とりかかるあてがなかった。

二十歳のテオは限りなく自由で、恵まれているがゆえに幸福で、そして、少しだけ不幸せだった。

この世界の人間は、二種類に分かれている。

一つがハイクラス。そうしてもう一つがロウクラスだ。

遠い昔、地球に栄えていた文明は滅亡し、人類は生き残るために強い生命力を持つ節足《せっそく》動物《どうぶつ》と融合《ゆうごう》した。

今の人類は、ムシの特性を受け継ぎ、弱肉強食の『強』に立つハイクラスと、『弱』に立つロウクラスとの、二種類に分かれている。

ハイクラスにはタランチュラ、カブトムシ、クロオオアリ、そして大型のチョウなどがいる。ロウクラスはもっと小さく、弱い種族を起源とした人々だ。

ハイクラスの能力は高く、体も強いので、彼らが就《つ》く仕事は自然と決まってきて、世界の富と権力はいつしかハイクラスが握るようになった。

ムシの世界の弱肉強食が、人間の世界でも階級となって現れている。

テオドール・ケルドアは、そんな世界の中、ある意味奇妙な立ち位置で生まれついた。

タランチュラを起源種とする人々が国民の九割を占めるケルドア公国。

テオはその大公家の、公子の一人として生まれた。

貴《とうと》い血筋なのはたしかで、両親ともにタランチュラだった。それなのにテオは、タランチュラとはかすりもしない種が起源だった。

エレサス・サンダリアトゥス。

別名、レディバードスパイダー。

テントウムシ蜘蛛《ぐも》とも呼ばれる小型の、なにをどうしてもロウクラスでしかない種が、テオの起源種。

レディバードスパイダーの見た目はテントウムシのように、赤い背に黒の斑点《はんてん》がある。鮮《あざ》やかな姿から、「世界一美しい蜘蛛」とまで呼ばれるが、現在では絶滅危惧種《ぜつめつきぐしゅ》であり、生態も深く知られてはいない。

もしかするとその一点だけは、両親が狂ったように欲していたグーティ・サファイア・オーナメンタル・タランチュラと、同じ特徴だと言えるかもしれない。

自分の人生は、運がいいのか悪いのか、どっちだろうとテオは考えることがある。

ケルドアという豊かな国の、公子の一人という生まれは、その肩書きだけ聞けば恵まれて見えるだろう。

兄は十九歳年の離れた、元大公のシモン。

母、アリエナはもう死んでしまったが、彼女はロウクラスとして生まれてきたテオを嫌い、けっして自分の子どもだと認めなかった。それは母よりも先に亡くなった、父親にしろ同じだった。

そればかりか、テオはケルドア公国で暮らしていたころ、城内の使用人にまで無視をされている状態だった。

ケルドア大公家の血筋は、グーティ・サファイア・オーナメンタル・タランチュラのもの。だから、起源種がレディバードスパイダーのテオは忌《い》むべき存在だったのだ。

テオドールという名前も、両親ではなく、兄の命名だ。兄のシモンは不器用ながらも、ケルドアの城の中で唯一、テオを愛してくれた人だった。

(だからまるきり、不運だったというわけじゃない)

幼少期の自分を振り返ると、そう、テオは思う。

この世に一人でも、自分を大事にしてくれた人がいたのだから。

七歳までのテオは、冷たいケルドアの城の中で、兄の愛だけを頼りに、息を潜《ひそ》めて暮らしていた。

兄の友人のフリッツは、隣国ヴァイクの貴族だったが、しょっちゅう城に訪《おとず》れては、テオと遊んでくれた。やがて兄の婚約者として、日本から葵という人がやって来た。

葵はテオを可愛がってくれ、今でも実の弟のように接してくれている。

それでも、公国が求め続けた完璧なタランチュラである兄、シモン・ケルドアと違って、テオは国中から「いらない子」の烙印《らくいん》を捺《お》された子どもだった。

生みの母親は狂気に取り憑《つ》かれ、タランチュラではないテオのことを疎《うと》んでいた。それは、テオ自身の、命さえも危《あや》ぶまれるほどに――。

……テオ、お前を国の外に出すしかない。分かってくれ。

七歳のとき、兄にそう言われて、テオはケルドアを出た。

これ以上母親に傷つけられないように。間違って、殺されてしまわないように。

兄のシモンは、そう考えていたのだと思う。

シモンがどれほどの苦渋《くじゅう》を背負っているのか、幼いながらに知っていたテオは、兄と離れることも、葵と離れることも淋しくてたまらなかったけれど、受け入れないわけにはいかなかった。

――それが兄さまのためになるのなら。

いつかきっと、お前が安心して暮らせる国にする。だからそれまで待っていてくれと言われて、テオは頷《うなず》き、そうして兄の親友であるフリッツに助けられて、隣国のヴァイクへ、まるで亡命《ぼうめい》するかのように逃げたのだった。

ヴァイク国に移り住んでから、テオはフリッツの両親に預けられた。

そこでテオは、思わぬ厚遇《こうぐう》を受けた。

フリッツの両親は年老いていたが、そのぶんとても優しく、最初からテオを実の子どもか孫のように扱《あつか》ってくれた。

彼らもタランチュラ一家で、みんな背が高く大きかった。ロウクラスでレディバードスパイダー出身のテオは、よほど小さくひ弱に見えたらしい。

フリッツの両親は毎日テオを抱っこし、キスをし、週に一度はプレゼントを買ってきて、むせるほどの愛情をテオに与えてくれた。

時に、フリッツが甘やかしすぎだと怒るほどだった。

ヴァイクは共和国だが、一昔前まではケルドアと同じ公国で、フリッツの家は元大公一家だった。

とはいえ、一貴族におりたヴァイク大公一家は権力を手放しており、三人の息子たちもそれぞれ政《まつりごと》とは距離をとった仕事に就いていた。

フリッツは、そのヴァイク家の三男坊で、結婚もせずに一年の半分をケルドア、もう半分をヴァイク、といった割合で過ごす医者だった。

テオが一家に迎えられてからは、様子を見に、たびたび帰って来てくれた。

故国では「いらない子」として扱われていたテオは、ヴァイクで愛され、大事にされて、自国で受けた蔑《さげす》みや差別の傷も次第に癒《い》えていった。

十三歳で寄宿学校に入ってからも、休暇のたびに帰るのはヴァイクの養親《やしないおや》のもとだった。

彼らはテオが帰ってくると、大喜びでもてなしてくれた。

そのころにはケルドアの国情もかなり落ち着きはじめ、兄のシモンも葵と結婚し、可愛い甥っ子もできたので、テオは時々帰国するようになった。

初めてできた甥っ子は愛らしく、何時間一緒にいても飽きなかったが、母である葵に安心して甘えている姿を見ると、胸の奥底にちらりと羨望《せんぼう》が覗《のぞ》いた。

いいなあ。僕も、お母さまに愛されていたなら……。

けっしてありえないことだったと分かっていても、その望みは、いつもテオの胸の奥に燻《くすぶ》っていた。

羨《うらや》みが、憎しみや妬《ねた》みに変わるのが怖くて、テオは愛を過剰《かじょう》に出さないよう、いつも気をつけてきた。

たとえば激しすぎる愛情表現。

愛しすぎて誰かに期待すること。

そうした行為はできるだけ、避けてきた。

それらは報《むく》われないと知っていたし、人は愛したからといって愛し返してくれるとは限らないとも知っていた。期待が裏切られれば傷つくし、傷つけば怒りが湧《わ》く。湧いた怒りを身勝手に相手に押しつければ、愛はもう愛ではなく、ただの執着と暴力になって、自分は怪物のようになってしまう……。

母がどんなふうに己《おのれ》の子、シモンを愛したか、テオは長年すぐ近くで見てきた。その愛は狂気に満ちていて、いつでも暴力的だった。

テオは母から徹底的に無視されていたが、兄は逆に、母から激しく執着され、精神的な虐待《ぎゃくたい》を受けていた。母は兄に固執《こしつ》するあまり、兄が愛する葵を、殺しかけたくらいだった。

思えば――その事件が発端となって、テオはヴァイクへと預けられたのだ。

だからテオは、愛の恐ろしい側面をいやというほど知っていて、誰かを愛しいと思うときには、その人に期待を寄せないように、自分の心を戒《いまし》めるのを忘れなかった。

愛するのは自分の勝手で、自分だけの問題だ。

返ってこないのが普通で、返ってきたらそれは幸運だけれど、その瞬間だけのもの。

相手にはなにも望まない。強いて望むなら、ただ、いてくれたら嬉しい。

それだけ。

そして誰かにとっての一番に、自分がなることはけっしてない。

テオはそのことに、たった七歳で気付いていたし、寄宿学校にあがる十三歳までには、はっきりと言葉にして、自分の中に落とし込めるようになった。

諦めとも違う、生きるために身につけた一種の知恵のようなもの。

だからこそ、惜しみなく愛情を注いでくれたフリッツの両親に感謝しているし、愛してもいるが、彼らの愛がいつ消えても大丈夫なように、心構えをしてきた。

ケルドアで住まう兄と葵、今では六人に増えた甥や姪たちも、自分を愛してくれてはいても、自分が彼らにとって、世界で一番ではないことを、ちゃんと弁《わきま》えてきた。

テオがヴァイクで暮らしている十三年の間に、兄はケルドアを安定させた。

大公一家は一貴族となり、ケルドアは共和国の道を歩み始めている。

アリエナは亡くなり、排他《はいた》的だった国の雰囲気が少しずつ変わろうとしている。

そしてとうとうシモンから、「テオ、もういつでも、帰って来ていい」と言ってもらえるまでになった。

兄は、幼いころの約束をちゃんと守ってくれたのだ。

今では故国に帰っても、テオは使用人や国民から無視をされることはない。元大公家、元公子の一人として、丁重《ていちょう》に扱われる。

けれど、故国に帰れる状況になった今、テオは既に二十歳になっていて、兄には自分より大切なものがたくさんあって――、

（僕がケルドアに帰る意味は、特にないな）

と、テオは思っていた。

どんなに自分にとって冷たかった国でも、唯一の家族である兄のいたケルドアだ。公子として生まれてきたという自負《じふ》も、多少なりともある。

幼いころは、恋しくて帰りたくて、ヴァイクで与えられた自室のベッドで、人知れず泣いたことも多かった。だというのに、ようやく帰れるようになったころには、テオはケルドアに自分の居場所がないことを悟っていた。

無理に居場所を作ろうとしても、空回りし、きっとむなしさが募るだろうことも。

かといって、七歳から十三年暮らしてきたヴァイクにも、居場所があると言えるわけではない。

（お父さんとお母さんのことは大好き。……だけど、ヴァイクが故郷だとは思えない）

ヴァイクは自分を守ってくれた、大恩《だいおん》ある国だと思うが、テオは腐ってもケルドア大公家の生まれである。元公子であるという自覚が、どうしても他国を故国と思うのを妨げる。

けれど一番の問題は、テオが大切だと思う人たち、愛している人たちの誰も――テオがいなければ、幸せになれないという人がいない、ということだった。

ケルドアの家族も、ヴァイクの家族も、果てしなくテオに優しい。

テオだって、心から彼らを愛している。

なのにどうしても思う。

（本当の意味では、僕は彼らの家族というには、中途半端《はんぱ》な存在だ）

普通の子どもは、生まれてきたときに両親から惜しみない愛情を受けるから、こんなことは考えないのかもしれない。

国中から「いらない子」として扱われてきた七歳までの記憶のせいなのか、ヴァイクに来てからも、厄介者《やっかいもの》だと思われて追い出されないように常に気を張ってきたせいなのか。

それとも、愛する人たちの誰もが、テオを「かわいそうな子」だと思っているのが、伝わってくるせいなのか。

テオは自分の存在が、いつもあやふやで、どこに属《ぞく》しているのか分からない。

悲観的になっているわけではなく、ごく冷静に考えて、自分の存在はどこにいってもなにかの「オマケ」なのだ。ケルドアでは優れた兄、シモンのオマケで、ヴァイクでは、フリッツが連れて来たオマケ。

家族の愛情は掛け値なく本物だが、シモンにとっての「家族」は順位をつけるならテオではなく、伴侶である葵と子どもたちが先だろうし、ヴァイクの養父母にとっては、もともと自分たちが生み育てた三人の息子たちになるだろう。

余裕があるからテオのことも愛してくれる。けれど、一番ではない。

――誰かの唯一になるのって、どんな感じだろう？

テオさえいればいい、テオだけがほしいと思われるのは、どんな気分なのだろう。

もしそんな人がいてくれれば、自分の根がどこにも張れなくて、存在そのものがふわふわと浮いているような危うさを、心の中から追い出せるのだろうか……？

そしてあわよくば、そういう人と、ただひたすら日常を繰り返せるのなら、どれだけ幸せだろうか……？

もしも奇跡が起きて、それが叶《かな》うなら、そんなふうに愛し合い、一緒に過ごす人は「彼」がいい。

テオはもうかなり小さなころから、ただ一人にそんな恋心を寄せていた。

とはいえ叶うはずがない。相手はテオより十九歳も年上で、奔放《ほんぽう》な独身主義者で、テオのことを弟としか思っていない――。

フリッツ・ヴァイクなのだから。

一

狭い洗面所の鏡を覗き込んで、テオは急いで前髪を整えた。

赤茶の髪に、明るい茶色の眼。特筆すべき点など、一つもないように凡庸《ぼんよう》な自分の容姿を見ると、小さくため息が出る。

グーティ・サファイア・オーナメンタル・タランチュラ出身の兄や甥っ子たちは、輝かしい銀髪に、晴れた日の海のような青い瞳だというのに――。

（レディバードスパイダーが、世界一美しい蜘蛛だなんて、絶対に嘘《うそ》だな）

小柄な痩軀《そうく》、白い肌。テオのことを愛らしいと言ってくれる人もいるが、周りにいる人たちが美しすぎて、テオは自分の容姿にはさほど自信がなかった。

とはいえ、普段ならこの凡庸な容姿も気にならない。世の中の全員が美男美女ではないのだから、と割り切っている。

それなのに、今になってつい劣等感が刺激されるのは、一人暮らしをしているテオのアパートに、突然一人の男が押しかけてきたからだった。

（料理中にいきなり来るんだもん、今日は朝から論文読んでて、髪もぼさぼさだったのに）

へアピンで前髪をとめていたので、変なあとがついている。テオはそれを慰め程度に撫《な》でつけてから、洗面所を出た。

「来るなら来るって、先に連絡してよ」

そうして、わざと怒った声でリビングのソファに寝転んでいる男へと苦言《くげん》を呈《てい》した。

本当は、来てくれて嬉しい。会えて嬉しい。

でも素直にそんな感情を出せば、隠している恋心まで飛び出してしまいそうで、思わずきつい口調になってしまう。

「僕にだって予定があるんだから」

小言を続けると、からかうような反論が返ってくる。

「お前に予定？　恋人どころか友だち付き合いも少ないのに、そんなわけあるか。俺が来てやらないと、今日も淋しく一人で食事してただろ？」

アパートの狭いキッチンに立ったテオは、偉そうに言ってくるフリッツに、ムッと眉をしかめた。

それはそのとおり――人間関係が極めて希薄《きはく》なテオの家を訪《たず》ねてくる相手なんて、フリッツ・ヴァイクしかいないのだ。

フリッツは三十九歳。

起源種はレッドスレート・オーナメンタル・タランチュラ。

明るい茶色の髪はさらりと流れ、赤い瞳はよく見ると、中心に金色を帯《お》びている。

緩《ゆる》く着たシャツに、なんの変哲《へんてつ》もないボトムス。シンプルな服装なのに、物が高価だからか、生まれ育ちの高貴さゆえか、着崩していても下品さはない。

もうすぐ四十路《よそじ》とはいえ、フリッツは文句のつけようがない美男子で、顔には皺《しわ》一つなく若々しい。言わずもがな高身長で、体格もよく、椅子から投げ出された足はすらりと長くて、狭い部屋の中では持て余されている。医者というより俳優のように見える。

レッドスレートは樹上性《じゅじょうせい》のタランチュラで、当然ながらハイクラス。

ヴァイクはケルドアほどではないものの、貴族階級はやはりタランチュラを起源種とする層が占めており、元ケルドア大公家公子であり、養父母もまた元ヴァイク大公一家という環境で育ったテオは、日常的に接するロウクラスがいない状態だった。

兄の伴侶である葵も、華奢《きゃしゃ》な部類とはいえハイクラスが起源種で、甥姪もタランチュラ出身。

フリッツの家族も全員タランチュラが起源種。

そして元大公家で働く使用人たちも、もれなくハイクラスに属している。

テオは生まれてから二十年、どこにいっても「自分が一番小さく、一番地味」な状態なのだ。

「恋人の話は、フリッツには言われたくないな」

テオはむすっとした顔で、できあがったばかりのグラタンをオーブンから取り出し、リビングへと運んだ。

小さなダイニングテーブルの上には、フリッツが持ち込んだ雑誌が何冊も積まれていて、テオは「あっ」と犯罪を見つけたかのようにフリッツを責めた。

「もう、今からご飯なのに、なんで片付けたところを汚すの？　雑誌どけて。鍋敷き出して。それともその本の上に皿を置いていいのっ？」

テオが叱《しか》ると、フリッツはやれやれ、俺の弟は口うるさいな、と文句を言いながら立ち上がり、テーブルを片付ける。テオがグラタン皿を置くと、フリッツは子どものように目を輝かせて、「おお」と感嘆《かんたん》する。一人暮らしなのに、フリッツが時折なんの連絡も入れずにやって来るので、皿はやたらと大きい。

テオは十八歳から一人暮らしをしているが、その前からフリッツの両親のために、料理をしていた。育ててくれた二人に感謝を表したいと、ヴァイク家のシェフから習っては、簡単な家庭料理を養父母に振る舞うのがテオの精一杯の恩返しだったからだ。

グラタンの他にワインで蒸したムール貝と、根菜のサラダをテーブルに並べ、安いワインとグラスを出した。

「ああ、美味《うま》そうだ。これがあるから、実家よりテオのところに来てしまうんだよな」

ワインの栓を抜きながら、テオは「そんなんじゃダメでしょ」と口やかましく言った。

「お父さんとお母さん、二人ともフリッツのこと心配してるよ」

テオはフリッツの両親を、お父さん、お母さんと呼んでいる。二人がそうしてほしいと言ったからだ。最初は遠慮がちだったこの呼び方にも、この十三年ですっかり慣れた。

フリッツはテオの小言を聞き流して、さっさとグラスにワインを注ぎ、勝手に乾杯！と宣言して、食事を始めた。

小さなアパートなので、大柄なフリッツが椅子に座っていると、それだけでダイニングはもう満杯に見える。テオはもう一脚ある椅子に座り、ため息をつく。けれど、美味い美味いとグラタンを頬張《ほおば》っているフリッツを見ているうちに、幸せな気持ちになった。

胸がほっこりと緩み、指先まで温《あたた》かなものが満ちてくる。

――こんな食卓が、明日も明後日も、永遠に続けばいい。

無理だと分かっている願いが、テオの中で頭《こうべ》を持ち上げる。何気ない日常を、ただフリッツと過ごしたいという望み。彼がいつでも、自分のもとへ帰ってきてくれたらいいのに、という欲。

それらは夢の中で食べる綿菓子のように甘く、儚《はかな》く、あり得ない希望だった。

だからテオはすぐに、そんな気持ちを隠すのだった。

そもそもフリッツは、一年の半分以上を隣国のケルドアで過ごしている。

ケルドアにいるときは国立の病院に内科医として詰めているが、主な仕事は兄、シモンの伴侶である葵の診察だ。世が世なら、御典医《ごてんい》とでもいう立場かもしれない。葵は特別な体質なので、フリッツは心を砕《くだ》いて治療にあたっている。

もう半分はヴァイク国で過ごし、テオが通っているヴァイク国立大学の大学病院に勤《つと》めているが、こちらでは患者を診《み》ることは稀《まれ》で、ほとんど研究に没頭している。

いまだ結婚もせず、いつまで経《た》ってもふらふらしていると、フリッツの両親は嘆《なげ》く。だが上の兄二人は結婚して、それぞれ子どももできたので、俺はどうでもいいだろうとフリッツは高をくっている現状だった。

「俺は独身主義だから。自由が好きなんだ」

が、フリッツのお決まりの口上《こうじょう》で、親になにを言われてもその一言でのらりくらりとかわしている。

テオが一人暮らしを始めてからというもの、フリッツは実家に帰らずに、テオの部屋に転がりこむことが増えた。本人ははっきり言わないが、家に帰ると見合い話を持ってこられるからだろうと、テオは知っていた。

三十九歳とはいえ、ハイクラス上位種のタランチュラであるフリッツは魅力的だ。容姿も整っているが、元大公家の人間なので、働かずとも十分な個人資産があり、有り体《てい》に言えば金持ちだ。そのうえ明るい性格で、包容力もある。そうでなければ、ロウクラスのテオを弟扱いするはずもない。

出会った当初からフリッツは優しく、温かい人柄だった。七歳でケルドアを出ることができたのも、フリッツの存在があったからだ。フリッツがいなければ、泣きわめいてでもケルドアに残っただろう。そのころのテオにとって、フリッツは信じられる数少ない人間の一人だった。

（こんなに条件がそろってるんだし、いくらだって結婚できるのにね……）

なぜフリッツは結婚しないのだろうか？　そればかりか、特定の恋人の影さえ、ここ数年はぱったりとない。

それを不思議に思う一方で、テオはフリッツが自分の家にやって来るたび、ホッとしているのも事実だった。

フリッツはまだ、一人。

まだ一生愛する人を――この世界で一番大事な人を、決めていない。

だからまだ、自分がそばにいられると。

「そんなことより、お前はこの先、どうするんだ」

食事も終わりかけたころ、フリッツに訊《き》かれてテオは黙りこんだ。

「進学にしろ、就職にしろ、誰もお前のやりたいことを邪魔はしないだろ。うちの親なんか、お前がさらに進学したいと言ったときのために入学金を貯《た》めてると言ってたぞ」

「……また、お父さんとお母さんてば。お金はいいって言ってるのに」

テオはため息をついた。

ありがたい話だが、テオにかかる金はすべて、兄であるシモンが負担していた。この先なにかしたいと言っても、兄は惜しげもなく出してくれるだろう。ケルドアの元大公家は十分な金持ちだ。だが、これ以上の金銭的援助は兄の義務ではないと、テオは思っている。

「……進学するなら自分で払うつもりだよ。幸い僕にも個人資産があるし。仕事をするならなおさら、誰かに出してもらう気はない。もう大学を出るんだから、当然だよ」

「テオ。きちんとしてるのはお前のいいところだが――」

フリッツは顔をしかめ、少しの間言葉を探しているようだった。

「もう少し、甘えてもいいんだぞ。卒業するって言ったって、お前はまだ二十歳じゃないか。むしろ飛び級して金がかからなすぎたくらいだ」

それに、とフリッツが言葉を続ける。

「お前、迷ってるんだろう。ケルドアに帰ったら、シモンの邪魔になるんじゃないかとか。ヴァイクにいたら、うちの親に悪いんじゃないかとか。そんなこと考えるんじゃない。お前がしたいようにすればいいのさ。お前がいて嬉しい人間はいても、困る人間はいないよ」

重たい話でも、フリッツが言うと軽く聞こえるのが助かる。

テオはくすす、と笑った。

――フリッツは僕がどこにいたら嬉しい？

そう思ったが、当然口にはしなかった。してはいけないと分かっている。

「せっかく、生化学の勉強を続けてきたんだ。卒業の決め手は論文が認められたからだし、まだ研究は続けたいだろう？」

「……うーん、どうかな。悩んでるところ」

テオは小さくため息をついた。

テオは義理の兄――シモンの伴侶である葵の影響で、性モザイクのホルモンや生体について研究してきた。

ムシを起源種とした人間の中には、時折性モザイクと呼ばれる特殊体質に生まれつく人がいて、それが葵だった。男でありながら、女でもある人々。どちらの性質がより強いかは人によって違うが、大抵は男性体の内部に子宮の機能を持って生まれてくることが多い。

彼らは総じて病弱で、短命だ。

もっとも、近年は研究が進んで、性モザイクのための有効な内服薬が開発され、以前よりずっと長生きできるようになった。

大学入学時、テオは少しでもその分野で貢献《こうけん》したくて、昆虫の中から貴重な性モザイクのサンプルを集め、性モザイク特有の染色体を再現することに成功し、それをまとめた論文が、国際的な科学誌に掲載された。それが、卒業論文として認められた形だ。

「ケルドアにも、ヴァイクにも研究所ならある。国境には共同研究所もあるしな。そこもいいかもしれないぞ」

「国立研究所の倍率がどれくらいか知ってる？　入るには、大学院に進んで論文をもっと書かなきゃ」

「だが、アオイの役に立ちたいと思って、やってきたんだろ？」

まあそうだけど――と、テオは言葉を濁《にご》した。

なぜなら、近年この分野で目覚ましい発表を続けている学者は他にも何人かいて、ロウクラスのテオは、その人たちに追いつくためには、どうしても死にものぐるいの努力をしなければならなかった。

相手が軽々と飛び越えていける階段を、何百倍も努力してやっと超える。

飛び級をしたといっても、それは年がら年中勉強しかしてこなかったおかげだし、国際的な科学誌に論文が載《の》ったとはいえ、インパクトファクター六点です、と言えば、へえまあまあだね、と軽くあしらわれて終わるようなレベルだ。

研究者の世界には、努力を努力とも思わない、天才や超人が何人もいる。

テオは葵の役に立てたらとは思うものの、自分が発見した生体構造の再現は既に特許化されていて、優秀な人たちが、その素材を使って優れた研究を進めていくのは眼に見えていた。

この研究を続けるのが自分でなければならない理由はどこにもなくて、もうちょっと身《み》の丈《たけ》にあった道を行こうと思うと、小規模の研究所に入って、人から見ればくだらないかもしれない、助手のような仕事をするのが関の山ではないか、と思ったりする。

それは気楽な道だが、誰かに喜ばれる仕事でもない。

テオは自分があまりに自由で、縛ってくるものがほとんどないことを知っていた。

自由は、同時に孤独でもある。

自分の生き方が、なにに対しても影響を及《およ》ぼさない世界だ。

それでも楽をしている自分よりは、努力をしている自分のほうが、フリッツに好かれるか……と考えて、いや、フリッツだってどっちでもいいのだ、と思い直した。

テオはこの世界に絶望してはいないが、大きな期待も抱いていない。

進路が決まらないのは、それならできるだけ、自分の周りにいる人たちに迷惑をかけたくないと、消極的になってしまうせいだ。彼らの幸福に、自分の影などわずかだと分かっているからこそ、余計にどこへいってていいのか、悩んだ。

もういっそ、遠い外国へ行き、誰も自分を知らない土地で暮らしていこうか。

そんなふうに考えるときもある。

「僕、片付けるから、フリッツはお父さんたちに電話してよね。どうせ明日からは大学で寝泊まりするんでしょ？　帰らないならせめて、声くらい聞かせてあげなよ」

進路のことはまだ答えがないので、話題を変えて空になった皿をまとめだすと、フリッツは「はいはい」と言うだけで、もうしつこく訊いてこなかった。こうやって空気を読むのも、フリッツは得意だ。

だが追求されないということは、フリッツの、テオへの愛情が家族や友人以上のものではない、ということも示している気がして、テオは少しだけ落ち込んだ。

(もしフリッツが僕を好きなら……卒業後はそばにいてほしいと思うはず)

けれどフリッツの口から、テオを縛るような言葉が出てきたことは、この二十年近い付き合いの中でも、ほとんどない。

いつでも、「テオの好きにしたらいい」「やりたいことをやれ」と言うのがフリッツだ。ヴァイクでもケルドアでも、きっと海外でも、フリッツはテオが幸せそうならそれでいいと考えているのだろう。

それで十分のはずなのに、淋しいと感じてしまう自分が、テオには欲張りに思えた。

洗いものをしていると、親に電話をかけるフリッツの声がした。テオのところだよ、なんだ、いいだろう、可愛い弟の顔を見にきても。そんなことを話している。

洗った皿を水切りカゴに入れながら、テオはため息をついた。

(弟かあ……)

「僕はフリッツのこと、兄さんなんて思ってないんだけどな……」

ぽつりと呟《つぶや》いたが、それは水音に紛《まぎ》れて、はっきりとは聞こえなかった。

テオはフリッツに先にシャワーを貸し、入れ替わりに入浴した。

フリッツが勤めている大学病院は、テオのアパートから徒歩で十五分くらいの場所にあり、テオの通う大学に隣接している。ヴァイクに帰国している間、フリッツは大半を大学の研究室で寝泊まりして過ごし、いつの間にかケルドアに戻っている。ヴァイクを発《た》つ際に、わざわざ連絡をよこさないことすら、ざらだ。

だからテオがフリッツと二人きりでゆっくりできるのは、フリッツが気まぐれのようにひょいと部屋を訪れる、今日のような夜だけだった。

素直になれないから、いつも来られたことを迷惑に思っているかのように振る舞ってしまうが、本当はこんな一夜は貴重で、テオにとってはご褒美《ほうび》のようなものだった。

（……一緒に寝るのは、すごく緊張するけど）

それは自分の恋心を悟《さと》られないかが心配になるからであって、同じベッドでくっついて眠れること自体は、すごく嬉しい。

自分とフリッツの間ではなにも起きないと分かっていながら、パジャマに着替えたテオは、やや緊張しながら寝室のドアをくぐった。

寝間着姿《ねまき》のフリッツが、テオのベッドにうつぶせに寝そべっている。

フリッツが来る日のために、なるべく大きなベッドを買ったが、部屋が狭いのでベッドを置くとスペースがぎゅうぎゅうで、小さなサイドテーブルとランプを置くのが精一杯のありさまだ。

まだわずかに濡《ぬ》れている髪を拭《ふ》きながら、テオはランプを点《つ》けた。

フリッツは寝ておらず、テオの枕に顔を埋《う》めて、すーっと匂《にお》いを吸い込んでいた。

「な、なにしてるの。やめてよ、嗅《か》ぐの」

カッと頬が熱くなり、テオは慌ててフリッツの肩をぐいぐいと引っ張った。タランチュラ出身であるフリッツの体は重たくて、びくともしない。

「いいだろう、兄としての勤めだ。他の匂いが混じってないか確認してる」

「混じってるわけないだろ、ばかっ」

思わず汚い言葉が漏《も》れた。フリッツはテオの気持ちなどつゆ知らず、けたけたと笑いながら顔をあげた。

「混じってなかった。テオの可愛い匂いしかしない。悪いムシがついてなくてホッとした」

「フリッツ、変態みたいだよ。こういうのやめてよね」

まっ赤になっている自覚がある。テオはフリッツに背を向けて、ベッドに潜《もぐ》り込んだ。

「変態じゃない、男はケダモノなんだから、油断してると食われるぞ」

どうして相手が男限定なのだ、と思ったが、この国では女性もハイクラスが多いし、小柄で男性としての魅力がない自分は、女性相手ではあまりモテないだろう、と思われてしまうのが悔しい。実際今までテオに交際を申し込んできたのも、みんな男だった。

「ご心配なく。僕みたいなちんちくりん、相手にする人いないよ」

知ってるでしょ、とテオはつい、いじけた声になった。

あ、いやだな。と思ったが、フリッツが枕の匂いなど嗅いだせいで、狼狽《ろうばい》していて、ついその先も吐露《とろ》してしまう。

「周りはみんなハイクラスばっかりで、僕よりきれいな人たちだよ。僕になんて……本気の人はいない」

言わなきゃよかった、と即座にテオは反省した。こんな卑屈《ひくつ》な言葉は、たとえ家族同然の相手であっても、聞かせたくはなかった。

気まずい沈黙が一瞬流れたあと、背後のフリッツは小さく笑った。

「ばかだなあ、テオ」

その声は柔らかく、優しかった。

フリッツは向きを変え、後ろからテオを抱き締めてくる。甘やかで、けれどどこか雨上がりの森を思わせるフリッツの香りが鼻腔《びこう》いっぱいに広がって、テオの胸は締めつけられた。

胸が痛み、ドキドキと鼓動《こどう》する。ぎゅっと抱き込まれると、フリッツの体が、自分の倍は大きいのを感じた。逞《たくま》しい胸板と、強い腕にときめく。下半身が熱くなったが、絶対に知られてはならない。テオは息を止めて、じっとしていた。

「レディバードスパイダーは、世界一美しいと言われてるんだぞ……」

お前が魅力的じゃないわけないだろう、とフリッツは囁いて、テオの耳の裏に高い鼻先を当ててきた。

体温があがったような気がして、テオは困った。動悸《どうき》や、体にじわりと吹きだした汗に、フリッツは気付いているだろうか。もし気付いていたとしても、若者特有の情緒不安定だと思ってほしいと、テオは願った。

「優しくて可愛い、俺のテオ……どんな未来を生きてもいいが、変なムシに食われるのだけは我慢ならないからな」

囁きながら、フリッツはテオの頭を撫でてくれた。こめかみに優しく口づけてもくれる。

それはケルドアからヴァイクに越してきたばかりの七歳のころ、兄を思い出して泣くテオに、フリッツがしてくれた仕草《しぐさ》とまったく同じだった。

――フリッツ、兄さまは今、幸せ？

何度そう訊《たず》ねただろう。

フリッツはベッドのそばでテオが眠るまで、いつまでも付き添ってくれた。

抱き締め、頭を撫で、額やこめかみにキスしながら、ああ、ああ、幸せだとも。と頷いてくれた。

——テオ、お前が幸せなら、シモンは幸せだ。だから安心してお眠り。可愛い子……。

あの言葉のために、テオは、幸せでいようと決めた。

兄のために、あるいは葵のために、フリッツやフリッツの両親の幸せのために、幸せでいたかった。

——僕が笑っていたら、みんなは安心できるよね？

それぞれが、テオ以外にも抱えているものがたくさんあることを知っていた。せめて自分一人だけでも重荷になりたくはなかった。

——テオは大丈夫。かわいそうだけど、大丈夫。幸せなはず。

みんなに、そう思ってもらいたかった。

眼を閉じると興奮は消えて、なぜか深い悲しみと淋しさがこみ上げてきた。

もう自分が幸せでなくても、兄は幸せだ。葵やフリッツやフリッツの両親も、テオがどうあっても、幸せになれることを知ってしまった。

大きくなったテオは、みんなの幸せに必然ではなくなった。

そのことにホッとしている。

それなのに同時に、この十三年、ほったらかしてきた深い傷が、テオの心に爪を立てている。七歳のとき、幸せでいるために見ないようにした孤独が——誰にも自分はいらないのだという事実が——思い出したようにテオの心を苦しめる。

幸せでいるために努力し、飛び級までして、みんなに褒めてもらえるような研究結果まで出した。それなのに。

きっと、これ以上の努力はもういらない、そのことを知っているから……。

それでもフリッツに優しく頭を撫でられていると、そのうち眠気がやって来た。

眼を閉じてうつらうつらしながらも、たった一言、言えたなら、と頭の片隅で思った。

——フリッツ。僕をフリッツの、一番にしてください。

……そうしてできれば、一緒に暮らしたい。日常のなんでもないひとときを、一生ともに繰り返す。

その幸せを、フリッツと過ごしたい。

そう言えたならいい。だが、テオには言う勇気がない。

それがフリッツを困らせると、よく知っているから。


「じゃあな、次は来月か再来月にまた来るが、お前、夏休みはケルドアだろ？」

「うん。……でも今回は、なるべくヴァイクの家にもいようと思うんだ。お父さんとお母さんともゆっくり過ごしたいし……」

そう言うと、それは両親も喜ぶだろうな、とフリッツは笑った。

フリッツがテオの部屋に泊まって一夜明けた朝のやりとりだった。一晩泊まると、フリッツは毎回大学へ行ってしまうので、テオは見送りのために早起きをした。

二人で軽く朝食をとったら、フリッツはさっさと出発してしまう。テオはパジャマに薄手のガウンをまとっただけの姿で、アパートの下まで見送った。フリッツは車を路上に横付けしていた。

こうした光景も、既に見慣れたもの。繰り返される日常の一風景だった。

(……フリッツが帰ってくる家が、僕と一緒だったらな)

見送りだけではなく、出迎えるのも日常になったなら……と夢想して、テオはすぐにその考えを手放した。ばかげた夢だと分かっている。

(今のこの光景ですら、大学を卒業したら変わっちゃうしな)

そのころ自分がどこにいるのか、テオ自身にも分からない。

フリッツが車のドアに手をかけ、今にも背を向けそうになったとき、

「おはよう、テオ」

そう声がかかった。

テオは振り向いた。見ると、長身のハイクラスの男が一人、手にパン屋の袋を持って立

っていた。

　フリッツが眉根を寄せる。声をかけてきた男は、テオとフリッツを見比べ、テオの寝間着を上から下まで眺めて、「あ、あれ」と上擦《うわず》った声を出した。

「アントニー？　おはよう。どうしたの、きみの部屋、二番区じゃなかったっけ」

　アントニー・フォルケ。

　白に近い金髪に、黒い瞳が印象的な美青年で、二十三歳。テオの大学の同級生だった。研究室が一緒で、研究分野も重なっているので、テオはそこそこ親しくしている。

　普段から遊ぶような友人はいないが、身近な同級生とは気まずくない関係を築く。これがテオなりの処世術《しょせいじゅつ》だった。

　アントニーの起源種は、サレムオーナメンタル・タランチュラだと聞いたことがある。タランチュラ出身者の多くいるヴァイクでは、そう珍《めずら》しい起源種ではない。

　アントニーはちらちらとフリッツを見ながらも、口元に張りついたような笑みをのせていた。

「あ、ああ、この近くに美味しいパン屋があるって聞いたから、テイクアウトで、コーヒーも買ってきたんだ。その、二つあるからきみも一緒にどうかと思ったんだけど……」

　テオは少し驚きながら、「そう？　それならどうぞ、部屋にあがって……」と言いかけた。

　だがそのとき、フリッツが車のドアから手を離し、まるで邪魔するようにアントニーとの間に割り込んできた。

「アントニーくん？　悪いね、テオの友だちかな。俺はフリッツ・ヴァイク。彼の兄代わりだよ」

フリッツが名乗ったとたん、アントニーの顔色がさっと悪くなる。

「フリッツ……ヴァイク？　あの、元大公家の……で、殿下でしたか」

「ああ、いや。今は一貴族だよ、よしてくれ」

ヴァイク元大公家は四十年以上も前に政治から退いていて、現在、公的な権力は持っていない。

フリッツの両親が比較的庶民的な人たちだったのもあり、社交界にもそれほど頻繁《ひんぱん》に顔を出さず、ひっそりと暮らしているため、ヴァイクの姓は恐ろしいものではないが、それでも一般国民からすれば気軽に接することのできる相手ではない。

共和制に馴染《なじ》んだヴァイク国は、元大公家を祭りあげるようなことはないが、それでも密《ひそ》やかな人気はあるし、影響力もゼロではない。

だからアントニーも驚いたのだろう。

テオは大学で、わざわざ自分の後見人がヴァイク家だと吹聴《ふいちょう》したことはないが、上流階級に属している家柄の人たちは、暗黙の了解で知っている。そしてアントニーの実家であるフォルケ家は、ヴァイクの貴族階級のはずだとテオは記憶していた。

フリッツは笑顔だったが、それにはどこか威圧感がある。アントニーは思わずというように、一歩後ずさった。

「親しいなら知ってるだろうが、テオはケルドアの元公子だ。うちが預《あず》かるのが最適だから、幼いころからの付き合いなんだよ。大学で仲良くしてくれてる相手がいて嬉しい。でも二番区のアパートと、この街区のパン屋なら、こちらの通りを使うのは遠回りだな。こんな早朝から弟の顔を見にくる子がいるなんて、ちょっと驚いたぞ。しかも部屋に押しかけるだなんてな。きみ、姓はなに？」

勢いよく、べらべらとまくしたてるフリッツに、アントニーはなぜか恐れをなしたらしく、すっかり青ざめていた。

「あ、あの、すみません。邪《よこしま》な気持ちはなく……ただもうすぐ、テオドールくんが卒業してしまうので……日を改めますね」

急に頭を下げ、テオが「アントニー」と声をかけても、慌てて角を曲がって走り去っていった。

（一体なんなの）

テオは一瞬、唖然《あぜん》としてしまった。

どう考えても、フリッツがアントニーを追い払ったからだ。

「どうして脅《おど》したりしたの、フリッツ」

気の良い大型犬がしっぽを巻いて逃げていくようなアントニーの後ろ姿に、憐《あわ》れを覚えて言う。しかしフリッツは、テオが見たことのないような顔をしていた。

ぐっと眉間にしわを寄せた、あからさまな不機嫌顔だった。

「……テオ。悪いムシはいないと言ってなかったか？」

低い声で訊かれ、テオは普段あまり聞かないその声質に緊張して、肩を揺らした。フリッツは赤い瞳をぎらぎらさせて、眉をつり上げ、怒っていた。

――フリッツは、なぜ怒っているのだろう……？

不思議に思いながらも、悪いムシなんていないよ、とテオは言い返した。

「だが今のあいつは？　どう見てもお前に好意を持ってる。普通朝っぱらから、コーヒー持って部屋に来るか？　お前もお前だ、なら部屋にどうぞ、と言いかけただろう」

「アントニーなら――二年前のクリスマスに好意を告げられたけど、きちんと断ったよ。それからは彼、他の子と付き合ってたみたいだし、今は眼が覚めてるよ」

「はあ……っ？」

にわかにフリッツが大声をあげたので、テオは眼を見張った。

どうしたのだろう。いつも落ち着いているフリッツには珍しく、体までわなわなと震えている。

「き、聞いてないぞ。男に告白されてたなんて……」

「それは……だって言わないもの。……当たり前でしょ？　いちいち、家族に報告する？　フリッツだって……それなりにそういうこと、あるでしょ。でも正式にお付き合いするんでもなければ――」

言っていて、胸がちくちくと痛んだ。

フリッツはハイクラスで、それもタランチュラで、タランチュラの中でも上位の種だ。性欲も普通にあるはず。最近は恋人の影もない彼だが、テオが知らないだけで適度な遊びはしているかもしれない。それを思うと、テオはいつも悲しくなる。

「どういうことだ、今まで何人くらいに言い寄られた？」

「……いちいち数えてないから分からない」

「ということは、男に交際を申し込まれたのは初めてじゃないってことか⁉」

フリッツがいきなりテオの肩を掴《つか》み、身を乗り出して訊いてくる。

テオはぽかんと口を開けて固まってしまった。

（……なんなの？）

今までフリッツは、テオの部屋に来るたびに「恋人でも作ったらどうだ」というようなことを――わりと軽々しく口にしてきた。

恋人も友だちもいないテオを、揶揄《やゆ》することもしょっちゅうだった。昨夜だって似たようなことを言われた記憶がある。

正直なことを言えば、テオが男に言い寄られることはままあった。圧倒的にハイクラスの人間が多いこの国で、ロウクラスが珍しいのだろう。小柄なテオは庇護《ひご》欲をそそるらしく、一部の層から人気があった。とはいえテオは、それをあまり真《ま》に受けたことはない。

（だってどう考えても、小さくて華奢だから好き……みたいな雰囲気の人たちばっかりだったし。知り合って間もないのに好意を寄せてくる人が多くて……）

アントニーの気持ちを断ったのも、テオが好きなのはフリッツだから、というのもあるが、好意を示されたのが初めて言葉を交わしてから一ヶ月も経たないうちだったから、というのが大きかった。

――それは僕を好きとは言わない気がする。

と、テオは思ってしまったのだ。

「ああ……くそ、そうだよな、お前も二十歳だ」

フリッツが独《ひと》り言《ごと》のようにぶつぶつと呟いている。

「言え、今までにどのくらいの男に言い寄られたんだ」

「はあ？　そんなの覚えてないってば。大体みんな、本気じゃないよ。ちょっといいなと思ったら脈があるか確かめてくるだけ。僕にそんな気がないからなにも起こらない」

「その言い草じゃ、二人三人じゃないんだな」

――だからなんだっていうの？　これも兄としての義務ってわけ？

テオが混乱していると、フリッツはテオの肩から手をおろし、深く息をついた。なにごとか葛藤《かっとう》するように黙り込んだあと、とんでもないことを言う。

「……決めた。今回のヴァイク滞在中は大学には寝泊まりしない。お前の部屋に置いてもらう」

突然の宣言に、テオは眼を丸くした。それは困る。

――ものすごく、困るのだ。

(一晩だから誤魔化《ごまか》せてるのに!)

毎晩のように同じベッドに寝ていたら、テオがフリッツに反応していることがバレてしまう。そのことに、テオはぞっとした。

「なんでそうなるの? やだよ、困る」

「どうしてだ。男を連れ込めなくなるからか」

「そんなわけないでしょ、連れ込んだことなんかないし」

「だがたった今、あの男を部屋にあげようとしてたじゃないか」

「それのなにが問題なの? コーヒーを持ってる人を追い返すのは悪いからだよ。それに、アントニーとは研究室も一緒なんだから、多少の親切は当たり前だろ」

「あっちには下心がある」

「ないってば! 朝にコーヒー飲むくらいで、大げさなこと言わないでよ!」

テオは抵抗した。だが、フリッツは後部座席から荷物を取り出して、勝手にテオの部屋に運び始めた。

「ちょっと……フリッツ、本気なの？　研究の合間に移動するのがいやだから、大学で寝泊まりしてるんでしょ。僕の部屋に帰ってきてたら意味ないじゃないか！」

「お前の部屋は大学から近いから問題ない」

テオは思わずむくれた。それならどうして今まで、一晩だけでさっさと移動していたのだ。テオのことを可愛い弟だと本気で思うなら、ヴァイクにいる間だけでもずっと泊まっていればいいのにそうしなかった。

それが、なにやらわけの分からない理由で今度は毎晩帰ってくるつもりらしい。

「いやだって言うなら、シモンにさっきの男のこと、話すぞ」

フリッツが脅してきた。

その一言はテオには覿面《てきめん》で、これ以上いやだと言えなくなる。まかり間違ってシモンを心配させる可能性を思うと、それだけは避けたい。

兄は幼いころにテオを国から出した、という負い目があるからか、テオのことになると異常に過保護になる。アントニーがテオに下心を持っている、などと報告されたら、ケルドアからやって来てアントニーと会わせろと言い出しかねなかった。

なんの罪もない同級生を、そんな理不尽《りふじん》なめにあわせるわけにはいかない。

「ばかみたい、ばかみたいだよ、フリッツ！」

部屋の中まで追いかけて、テオは怒ってフリッツを罵《ののし》った。

フリッツがこの部屋に帰ってきたらいいのに……と心密かに願っていたが、それはこういう形ではなかった。

「僕なんて、アントニーであれ誰であれ、本気なわけないでしょ」

何度も言ったが、フリッツは聞いてくれなかった。今は五月。卒業まで二ヶ月もあるというのに、フリッツと一緒に寝起きするだなんて、気が遠くなる。

「ばかはお前だ、テオ。男はケダモノだって言っただろう。それでお前はな、お前は、世界で一番美しいんだから——」

……ばかみたい。

そんな賛辞より、世界で一番、愛してほしい。

そうしたら、こんなことで戸惑う必要だってないのに。

その気持ちは言葉にせずに、テオは泣きたいのをこらえて、フリッツの頭に部屋のクッションを一つ、投げつけた。

二

――『それじゃあ本当なのね、テオ。フリッツがあなたのところに泊まってるって』

その日の昼、かかってきた電話に出ると、優しい養母の声が聞こえてきた。

フリッツの両親であり、テオを七歳から育ててくれた養父母の二人は、ヴァイクの首都から少し離れた片田舎の屋敷で暮らしている。

貴族とはいえ、素朴な生活を好む人たちなので、庭仕事をしたり、釣りをしたり、時々友人や家族を集めて食事会を開いたりと、安穏とした生活を送っており、彼らはテオにもたびたび電話をくれるのだった。

その日も、いつものように大学の昼休みに電話がかかってきた。

簡単な近況報告をしあったあと、養母は『フリッツから聞いたのだけど』と少し心配そうに、切り出した。彼女に嘘をつくわけにもいかないし、心配をさせるわけにもいかないので、テオは一体全体、フリッツは養母になにを言ったのだろう――まさか、テオに言い寄る男がいるから泊まってる、などとは告げていないだろうな――と不安になりつつも、つとめて平静に、「はい。今回はうちから研究室に通うらしくて」と軽く答えた。

養母はその答えに、さらに心配そうに続けた。

――『大丈夫？　あの子はなんでも勝手に決めるでしょ。あなたのお部屋、一時的にでも広いところを借り直したらどうかしら』

養母は浪費家ではないが、金銭感覚はやはり貴族的だ。あと二ヶ月で卒業し、場合によっては部屋を引き払うかもしれないのに、フリッツが泊まっているというだけで引っ越しを提案してくるのだから。

テオは苦笑いしながら「大丈夫ですよ」と応じた。

「フリッツは朝早く出て、帰ってくるのも夕飯時なので……それに僕は卒業が決まっているから授業もないし、教授の手伝いくらいしかやることがないんです。暇なので食事を作るのも難しくありません」

養母を安心させるために、テオは出て行ってもらいたいという気持ちとは裏腹の言葉を紡《つむ》ぐ。無理や我慢をしているわけではなくて、テオは養母を心配させるのが、昔から大の苦手だった。

――『あなただけで食事を用意してるの？　ひどいわね。落ち着いたらレストランを予約させなさいな』

「平気ですっってば……お母さんも、僕が料理好きなのは知ってるでしょう？」

――『もちろんよ、あなたが振る舞ってくれるものはいつも美味しいわ。感謝してるのよ。……でも、寝室はどうしてるの？　あの部屋、ベッドは一つでしょう』

「……」

一瞬だけ、返事が遅れてしまった。

はい、お母さん、食事よりも問題はそこです、と言いたいけれどもちろん言えるわけがない。毎晩テオのベッドに潜り込んでくるばかりか、狭いからと後ろから抱き込んでくるフリッツに、若いテオの性欲が刺激されているだなんて――絶対に知られるわけにはいかない。そんなことを聞いたら、養母は卒倒《そっとう》しかねない。

――『……テオ、あなた本当は、フリッツに困ってるんじゃないかしら……』

「いえ、本当に大丈夫です。僕は寄宿学校で六年も暮らしてたんですよ。あそこのベッドは本当に狭くて、それに比べたら今は天国です。学校では、男同士で雑魚寝《ざこね》することもしょっちゅうでしたし……慣れてますから」

――『そういえば、寄宿舎のベッドについてはフリッツも同じことを言ってたわね』

フリッツは若いころ、テオと同じ寄宿学校に通っていたと聞いている。もし、養母が寄宿舎の話をフリッツから聞いたとしたら、二十年以上前のことだろう。

末の三男坊が面白おかしく学校の悪口を言っていた過去を思い出したのか、養母は電話の向こうでくすくすと笑った。

――『あの子ったら本当に口が悪かったの！　寄宿舎は軍の野営地よりひどい、囚人の部屋のほうがマシだ……なんて言うから、私は青ざめたわ。あのころはまだ、ヴァイク家も大公位から退いて十年ちょっとだったんだもの、世間の目も厳しかったのに……』

本当に昔から困った子だわ、と言いながらも、養母の声音にはたしかな愛情がこもっていた。テオは養母の、こういう声を聞くのが昔からとても好きだ。電話ごしにも、あたたかな笑顔が想像できる。

――『本当にあのころから好き勝手する子だったのよ。テオ、あなたはそれに比べると天使のようにいい子で、心配になるのよ。無理してないかって』

電話口で、養母がそっとため息をつく。

「僕はなにも無理してないですよ、お母さん」

――『だけどあんな体の大きい子が部屋にいたら、うっとうしいでしょう？　まったく……かわいそうな私のテオ。あなたみたいに華奢で小さい子が、タランチュラの、それももう四十になろうかって男と同衾《どうきん》させられて』

自分の息子相手にひどい言いようだが、養母はフリッツを心から愛しつつも、テオと天秤《てんびん》《びん》にかけると、ついついテオを庇《かば》う傾向がある。彼女もタランチュラ出身、テオより背が高いこともあり、テオのことをか弱い存在だと思い込んでいる。

「そういえばお母さん、週末にホームパーティがあるんですよね？」

これ以上話しても、養母は小さなテオが大きなフリッツのせいでかわいそうなめに遭っている、という話題を続けるだけだろうと判断して、テオは話を切り換えた。養母は嬉々とした様子で、『あなたのためにに開くのよ』と声を弾《はず》ませた。

――『あなたの論文が素晴らしい栄誉を得たじゃない。そのお祝いよ。必ず帰って来てね。ついでにフリッツも連れてくるといいわ』

「はい、そうします。ありがとうございます」

研究者から見ればまずまずの成果、というだけの論文の功績を、まるで国際勲章でも与えられたかのように話す養母に、テオは頬を緩めた。

養母のこうした態度は、一貫して自分への愛情に満ちている。それを感じるからだ。

（ありがとう、お母さん。いつも僕のことを、自分のことのように喜んでくれて……）

心の中で、そっと呟く。

もし、実の母親もこうだったなら、自分はこんなにもうら寂《さび》しい心を抱えずにすんだのだろうか？

ふと思ったが、そんな仮定にはなんの意味もなかった。

電話をきると、五月の爽《さわ》やかな風が頬を撫でていった。

緑の多い、広やかなキャンパスの構内に、学生はまばらだ。ベンチに腰掛けて参考書を読みふける者、友人たちと連れだって賑《にぎ》やかに歩いていく者……ヴァイク国立大学は三学部しかないシンプルな大学で、学課課程は三年。

歴史は浅いものの、優秀な研究者と最新の研究設備を備えており、大学としてのレベルは高い。構内は広いものの、学部の少なさゆえに生徒の数はそれほど多くなく、だからテオがいる広場も、学生でいっぱいになることはまずない。

ヴァイクという国はそもそも小国で、人口もそう多くはないため、これはこれでこの国らしい風景とも言えた。

（教授から言付《ことづ》かった資料はそろえたし、軽く昼食を食べたら、どうしよう？　研究室に顔を出そうか？　でも、今やってる研究は一旦片付けてしまったし……この前偶然出たデータを解析する？　だけど卒業までに論文にまとめるのは難しいだろうな）

とりあえず食事をとろうと、テオは食堂に向かって歩きながら、午後の予定について考えていた。特に急ぎの用事もないので、今日はもう帰ってもいい。帰って、フリッツと食べる夕飯を作ろうか。

フリッツは今日、なにが食べたいかな。なにを作ったら、喜んでくれるだろう――と、思ってから、自分の愚かさにため息が出た。

（なにをうきうきしてるんだろ。……いい加減追い出さないと、いつ、僕がフリッツのことを性的に見てるか、バレるか分からないんだぞ）

フリッツがテオの部屋に泊まると言い出してから、既に五日が経っていた。

その間、フリッツはテオと一緒に夕飯を食べ、テオの部屋のシャワーを浴び、同じベッドを使って寝ている。

もともと、フリッツはスキンシップの多いタイプだ。一緒にいる時間が増えるほどに触られることも多くなるし、なにより夜、一緒に寝ている間、テオは性的に反応していた。それを知られたらと思うと、毎晩気が気ではない。

養母も養父も、テオのことを「小さくて可愛い」と言うし、フリッツもいまだに子ども扱いしている節がある。実際テオは誰かと関係を持ったことは皆無で、家族以外と口づけしたこともない。自分でも奥手だとは思うが、それでも二十歳の健康的な肉体を持っているから、性欲がないわけじゃない。

フリッツの甘い匂いに包まれて、広い胸に抱かれると頭がくらくらする。下半身にじわっと熱が灯《とも》り、お腹の中が切なく感じる。

――抱かれたい。

その欲望を自分に隠すことができない。

欲求不満でむらむらして、ついに昨日は、浴室でシャワーを浴びながら自慰《じい》をしてしまった。テオは普段自慰なんてあまり必要としないのに、フリッツが泊まるようになってからは我慢がきかなくなりそうで困っているのだ。

（どうしよう、今夜も耐えられなかったら。……なにか、フリッツが部屋を出て行ってく

れるような、いい言い訳はないのかな)

思考を巡らせるが、なにも思いつかない。なにしろフリッツは、基本的にこうと決めたらそれを簡単に曲げるような性格ではないからだ。自由で、身軽で、そして身勝手——思いきり優しいのに、それがテオのためになると考えたら、いくらテオが嫌がっても無視をする。昔からそうだった。

(兄さまと離れたときも、ずっとそばにいてくれたのだって……本当は仕事があったのに、休んでくれてたってあとから知った。あのとき、たとえ僕が平気だって言い張っても、フリッツは絶対そばにいてくれただろうなあ……)

兄のシモンだけではなく、当時兄の婚約者候補だった葵《あおい》とも引き離された幼い日のテオにとって、頼れるのも涙を見せられるのもフリッツだけだった。

ヴァイクに引き取られたばかりのころ、フリッツはほとんど毎晩、テオを寝かしつけてくれた。頭を撫で、抱きしめて、涙を拭いてくれた。

——可愛いテオ、お前はなにも悪くない。シモンはお前を愛してる。お前が幸せなら、シモンも幸せだ……。

呪詛《じゅそ》よりも深く濃く、毎晩浴びせられた言葉のために、テオはこの国で生きてこられた。

テオが安定するとフリッツはケルドアとヴァイクの二重生活に戻ったけれど、テオになにかあると聞けば、いつでも飛んで帰って来てくれた。実の兄にさえ甘えられなかったのに、フリッツには素直に甘えられた——少なくとも、それが性愛を含《ふく》んだ恋愛感情に変わるまでは。

（いっそフリッツが、独身主義じゃなければな……）

誰かと結婚でもしてくれていたら、諦めがつくのに。

そうなったらきっと胸が引き裂かれるほど悲しいに違いないのに、そっちのほうがマシじゃないか、と思うくらいには、テオは自分の感情を持て余していた。

（それにしても）

ふと、疑問に思う。

——なぜフリッツは、自分に悪いムシがつくと心配するのだろうか？

（もう僕は二十歳じゃないか。自分の意思で誰かと交際に発展するなら、フリッツだって見守ってくれるはず。……少なくとも家族なら）

億分の一程度の可能性。

アントニーに対するフリッツの態度は過保護からくる心配ではなく、嫉妬からくる牽制《けんせい》ではないか？

テオは胸のうちに、微《かす》かに燻るその期待を捨て切れていない。もしも、万が一そうなら、自分の気持ちが報われることもあるのだろうか？

思いかけて、すぐに頭を振って打ち消す。

（……あり得ない。フリッツが僕を好きなんてこと、期待しちゃダメだ）

テオは無駄な思考を振り切るようにして、食堂へ急ぎ足で移動した。


「テオ！　もしかして一人？　よかったら一緒に食べてもいい？」

広い食堂のカウンターでランチを受け取り、空いた席に座ったところで声をかけられた。振り返ると、食事のトレイを持ったアントニーが、笑顔で立っていた。

「アントニー。もちろん、どうぞ」

昼時でも食堂には十分空席があるが、一人で食べる学生は少ない。テオも普段は午前中一緒に作業をした相手と食べることが多いけれど、今日は一人で資料を集めていたので、アントニーに会えて嬉しかった。

向かいの席を勧《すす》めると、アントニーはいそいそとした様子で座った。

「今日の午前はどこにいたの？　研究室にはいなかったよね？」

「図書館で過去の論文データを集めてたんだ。教授に頼まれてて。アントニーは午後、どうするの？　研究の続き？」

「エディが濁度《だくど》の測定を手伝ってほしいって言うから、今日は番をする予定だよ……」

アントニーは憂鬱《ゆううつ》そうに、ため息交じりに言う。

「それって、エディの培地《ばいち》だよね？　どうしてきみが？」

エディとはテオたちと同じ研究室の先輩だ。二十六歳で修士課程に進んでおり、研究室の主になっている。もっとも、年の差があっても研究室は実力主義なので、それほど上下関係に厳しいわけではない。

「それが三日前、僕ら教授の手伝いで徹夜作業だったんだ。その時ポーカーをやって負けてさ。で、賭《か》け金がわりに作業をしろってわけ」

アントニーが苦笑気味に話してくれる。

なるほど、とテオは頷いた。理系の研究室では徹夜することは往々《おうおう》にしてある。論文の締め切りが迫っていたりしたらなおさらだ。細菌の働きなどを観測するのが目的のときには、ただ待機するだけの時間というのもわりとあって、そのときカードゲームに興じるのも自然なことだった。

話しているうちに、食事も終わりに近づいた。アントニーは大柄な体格に見合った食事量で、たっぷりの麦飯をもうほとんど食べ尽くしている。

「……アントニー、この前はごめんね」

テオはこの五日間、気になりながらも謝れていなかったことを、切り出した。

大学では毎日のように顔を合わせていたけれど、二人きりになる機会が中々なくて、謝罪しそびれていたのだ。

アントニーは一瞬不思議そうにしたが、やがて、五日前の朝、フリッツに追い返されたことだと気づいたらしい。困ったように笑って「いいよ、気にしてない」と返してくれた。

「それに、公子殿下の言うとおり、なんの約束もせずに朝から押しかけるなんてマナー違反だったなと思って」

「……それは貴族のルールであって、僕らは学生じゃないか」

アントニーも貴族の子息なので、貴族のマナーを思い出したようだが、そもそもヴァイクは共和制をとってから社交界も質素になり、貴族の慣習もほとんど形骸《けいがい》化している。こだわっているのは年配の層くらいで、テオたち若い世代は自由を楽しんでいるし、学生同士の間で、身分のことを気にするほうがおかしい。

「フリッツの言ったことなら気にしないで。ヴァイク家はもう大公家じゃないんだし、公子殿下なんて呼ぶ必要もないよ。もちろん、ヴァイクのご家族はみんな篤実《とくじつ》な方々ではあるけど……」

「知ってるよ。元大公家の方々は素晴らしく気さくだし、ヴァイクの貴族はみんなそれを誇りにも思ってる」

アントニーは眉を下げて笑っている。

「でも、よく考えたら、きみはケルドアの公子だしさ。ヴァイクとケルドアじゃ、元大公家といっても扱いがまるで違うって思い出したんだよ」

「……」

少しの間、テオは沈黙した。

アントニーの言うことは事実だった。

ケルドア国民は大公家が実権を手放し、一貴族となってからも、昔のようにケルドア一家を自分たちの君主として慕っている。それはひとえに、ケルドア元大公家がグーティ・サファイア・オーナメンタル・タランチュラという、唯一無二《ゆいいつむに》の起源種出身だからだ。

ケルドアの国民にとって、グーティは神にも等しい存在だ。

たかが起源種。されど起源種。

ケルドアの国の長い歴史の中に醸成《じょうせい》された、「グーティさえ存在するのなら、ケルドアは安泰《あんたい》」という気風は、わずか十年二十年で消え去るものではない。

（でも僕は、レディバードスパイダーだから……国民からも忘れられてるし。公子と言っても、名ばかりなんだけど）

内心、テオはため息をついた。

元大公一家の生活は、ケルドア国民の心の安寧《あんねい》のために、折に触れて公開される。

兄シモンの姿はもちろん、途絶えかけていた大公家の血筋を繋《つな》いだとして、今では国母扱いをされている兄の伴侶、葵や、その子どもたちの写真は、新聞や雑誌、ネットの記事、国営のＳＮＳに取り上げられる。

まるでそれが、国の「象徴《しょうちょう》」であるかのように——いや、実際に、ケルドアの国民にとって元大公一家の姿は、国そのものなのだ。

だが、そこにテオの姿が加わることはまずない。

公式の家族の集合写真からは、あえてはずしてほしいとシモンに頼んでいるし、パパラッチが勝手に撮っていくスナップでも、わざわざテオが抜かれるようなことはない。せいぜいが、たまの休暇で帰郷している際に、まだ小さな甥や姪を抱っこしている写真が撮られるくらいだ。それもテオはほとんど背景扱いなので、たしかに自分はケルドアの元公子ではあるのだが、周りからそう扱われたことはほとんどない。

「それで、僕とはもうランチも最後にするの？　淋しいな。友だちが減っちゃうね」

自分のもの寂しい境遇を細かく説明するのも違う気がする。

僕は公子だけど、国民からは忘れられてるよ、などと言っても、アントニーを困らせるだけだ。

だからテオは冗談まじりに、そう言った。案の定、アントニーは「そんな、そういう意味じゃないよ」と慌てた様子を見せる。

「……ごめん、気にしすぎたね。次は約束してから訪ねるよ。それなら、一緒に朝ご飯食べてくれる？」

「うん、おすすめのパンを楽しみにしてるね。あ、でも今はフリッツが部屋にいるから、出て行ってからのほうがいいかも」

　アントニーの遠慮が消えたようなのでホッとしながらも、フリッツがいる間はよしたほうがいいだろう。またなにか勘違いして、アントニーにねちねちといやなことを言う可能性がある。

「え、公子殿下、テオの部屋に泊まってるの？　……きみのアパートって、わりと手狭な物件だよね？　僕も、前にあそこに部屋を借りようとして下見したことがあるんだ」

「そう、寝室も一つしかない。でも僕みたいなロウクラスには、あのくらい狭いほうがちょうどいいんだよね」

　ヴァイクの人口比率は圧倒的にハイクラスが多いので、そもそもの部屋の造りがどこにいっても大きい。テオは自分の体にちょうどいい、狭い部屋を気に入っていた。

　アントニーはどうしてか、複雑そうな表情でこちらを見ている。

「その……テオがヴァイク家で育てられたのは知ってるけど、公子殿下とは仲がいいの？

……少なくとも、寝室が一緒でも困らないってこと？」

「仲がいいっていうか……。フリッツは僕を弟だと思ってるから。だからアントニーにもあんな失礼なことを言ったんだ。本当にごめんんね、フリッツは悪い人じゃないんだけど、時々すごく横暴になるんだよ」

「横暴？」

アントニーが、少し驚いたようにテオを見ている。

「基本的には優しいんだけど、自分でこうと決めたら譲《ゆず》らなくなるの。いい大人なのに子どもみたいでしょ？　そのせいで僕もしょっちゅう困らされてる。今だって部屋を出て行ってほしいんだけど……」

ついつらつらと愚痴《ぐち》をこぼしてしまってから、テオはハッと口を噤《つぐ》んだ。毎晩欲求不満なせいで、思わず言いすぎてしまった。顔をあげると、アントニーがやや困惑したようにこちらを見ている。

「ご、ごめん、愚痴っちゃったね」

「……ううん、テオって、他人のことそんなふうに話すことあるんだね。びっくりしたよ。それだけ、公子殿下と仲がいいってことかな」

きみが誰かをちょっとでも悪く言うなんて、初めて見た、とアントニーに言われて、テオは気まずくなった。

「小さいころから一緒にいるから……兄弟のことって思わず悪く言っちゃうものだろ。でも行儀が悪かったね、ごめん。そもそも、フリッツも僕のこと、まだ七歳かそこらだと思ってるものだから」

「……そうかな？　僕にはむしろ……」

焦って言い訳するテオに、アントニーはなにか言いかけたものの、言葉をおさめて黙ってしまった。

「……アントニー？」

黙り込んだ同級生がなにを思っているのか不安で、話を促《うなが》す。

（元とはいえ大公家の公子のことを悪く言って、ヴァイク貴族であるアントニーの気分を害してたら……）

さすがに国際問題にはならなくても、心象《しんしょう》が悪いかもしれない。

心配で緊張していたが、アントニーはパッと顔をあげて話題を切り換えた。

「そういえばテオ、きみまだ、卒業後のことが決まってないんだよね。僕の知ってる教授が、オーストラリアの大学で染色体制御の研究室を持ってるんだけど、アシスタントに欠員が出たんだって。興味ない？」

「染色体……」

テオの研究分野と重なっている。

「きみの論文を読んで、教授も興味が湧いたらしくて、来てくれるなら嬉しいと言ってたよ。実は僕も、同じ大学内にある分子細胞の研究室に誘われてて……」

「そうなの？　おめでとう、アントニー」

アントニーも次の六月に卒業が決まっている。彼は照れくさそうにすっきりと通った鼻の頭をかいた。

話題がすっかり変わり、テオは内心ホッとした。どうやら、アントニーは自国の元大公家のことにはさほど興味がないようだ。

「じゃあ卒業したら、アントニーはその研究室へ？」

「うーん、多分ね。下っ端《したっぱ》でも雇ってもらえるなら、来年のマスタープログラムに申し込んで、そのままPhDまでその大学でとろうかと思ってるんだ」

「ヴァイクじゃなくて、わざわざオーストラリアで？」

テオは眼をしばたたいた。

「正直、ヴァイクにいると実家の制約があるだろ。ヨーロッパを出た方が気楽に研究に没頭できるだろうから……」

苦笑気味に言うアントニーの気持ちは、テオにも分かった。

（貴族の縛りがあると、周りにどう見られてるかとか気にしちゃうもんね……）

特に、ヴァイク国立大学は貴族の子息が多く通っている。学生なので身分や立場は平等といえど、同じ上流階級に属している以上、家名を無視して振る舞うわけにもいかない。

（アントニーはタランチュラ出身者にしては気が弱いほうだし、ここで競争するのはしんどいのかもな）

想像にしかすぎないが、的を射《い》ている気がする。テオだって、ヴァイクにいると「元大公家を後ろ盾に持つ人間」として見られることはままある。だからこそ後ろ指をさされないように、飛び級できるほど勉学に打ち込んだのだ。

アントニーにも似たような経験があるのなら、海外に出たいと思うのは当然だろう。

（そう考えると、フリッツの立場で周りを気にせず好きに生きてるのは、かなりの自立心があると言えるんだよね）

「それに、きみの個人研究にもいいんじゃないかな？」

ついつい思考がフリッツに戻ったところで、アントニーがぐっと身を乗り出して、熱っぽく話してきた。

「きみは性モザイクの染色体研究をしてたろ？　オーストラリアにはここより多様な昆虫がいるから、サンプルも多く採れるんじゃないかな」

「……それはそうだね」

条件も悪くないんだ、ぜひ考えてみて、とアントニーは続け、テオに詳細を書いたデータを送ると約束してくれる。

「一年間の契約雇用だから、性に合わなかったら辞めてもいい」

「あはは、それじゃ向こうから、お断りされることもあるんだね」

思わず笑って言うと、アントニーは真剣な顔で「テオは大丈夫だ」と断言した。

「どこにいってもテオを頼りにする教授は多いじゃないか。きみは気配りができるし、サポート上手だ。資料も完璧だし、論文の英語もすごく美しい――査読《さどく》の英国人がきみの論文だけ手放しに褒めてたろ？　文法が完璧だって」

「……褒めてほしかったのは内容だったけど」

「僕の英語はボロくそ言われたよ。英国人の査読者は大抵文法のことを叩くからね」

「それは論文ジョークでしょ？　みんながみんなじゃない」

「いいや、確率的に間違ってない。きみは重宝されるはずさ、少なくともきみにチェックをお願いすれば、文法で査読者にケチをつけられない」

テオはジョークを聞いたかのように、声に出して笑うにとどめた。

アントニーはやけに熱心に誘ってくれる。

普通に考えたら願ってもない話だ。なのに、いまいち乗り気になれなかった。

理由は分かっている。場所がオーストラリアだからだ。

ヴァイクからだとウィーンに出て、フライトに乗る形になる。一日がかりの移動だ。気軽に帰ってこられる距離でもない。

（……フリッツと、会えなくなる）

そんなふうに思うと、誘いに飛びつくことができない。ヴァイクにいつづけたからといって、フリッツとの関係が変わるわけでもないのに。

すぐに色よい返事をしないテオに焦れたのか、アントニーは少しの間黙り、それからそわそわと指先を組んだ。

「その……それとも、国を出られない理由があったりする？　たとえば……」

　そこまで言って、アントニーは言葉を切る。テオが彼を見つめると、意を決したように続けた。

「恋人がいるとか？」

　アントニーはテオの答えを聞き漏らすまいとするように、じっと眼を覗き込んできた。鈍《にぶ》いテオでも、さすがにこの様子を見て、感じるものがある。

「……それはいないよ。残念ながら」

　けれどもとりあえずは、気づかなかったふりをして答えた。

「ほんとに？　その……」

　一瞬言いづらそうに言葉をよどませたアントニーが、やや小声でつけ足した。

「……フリッツ公子殿下と、特別な関係だったりしないの？」

　テオはそれを聞いて、思わず息を詰めた。

「そんなわけないだろ。どう見たって……」

　――僕にはまったく望みがない、と言いかけて、テオは言葉を飲み込んだ。アントニーの黒い瞳が、切実な光を灯らせてきらりと光っていた。

「僕は、二年前のクリスマスにきみに誠意を見せたつもりだったけど……きみがそういう気持ちじゃなかったのは、あの人がいたからかなって思って納得したんだ。違ってた？」

おとなしい気質とはいえ、アントニーもタランチュラ出身だ。突然ぐい、と心の中に踏み込まれるような質問をされて、テオは内心焦った。

……二年前のクリスマス。

急ぎの作業があって、研究室にこもりきりになっていたころのことだ。まだ出会って日は浅かったが、連日の徹夜作業が一緒になり、アントニーとはすっかり打ち解けていた。彼の自分への態度が、他の人に対するものよりも少しだけ甘やかには感じていた。

――データがまとまったら、二人で食事に行かない？

そう誘われたときに、ぴんときた。これは単なる、仲間としての誘いではなくて、交際に発展できるかどうか、試すための言葉だと。

葵の母国では、きちんと告白があってから恋人になると聞いたことがある。ヴァイクやケルドアでは少し違って、数度の食事やデートのあとに、お試し期間があって、互いにいいと思えば恋人になる。

食事の誘いは、その最初の一歩だ。

普通なら、一回目の食事くらい、みんな気軽に受けている。よっぽど脈なしでない限り、誰でも出会いは欲しているものだから。合わないと思えば、二回目、三回目の誘いを断ればいいだけ。

――どうせフリッツには振り向いてもらえないのだから、一回くらい、他の人を見る努力をするべきだ。

テオは何度もそう思ってきた。アントニーのことは人として好ましく思っていたし、一度は食事をしてもいい……。

けれど誘いを受けようとした矢先、テオの脳裏《のうり》にはフリッツの顔がよぎった。耳元で囁く優しい声。

――可愛いテオ。

何度も繰り返された温かな声音を、テオは無視できなかった。

……これは、単に子どものころからの愛着なのだろうか？　得られなかった母からの愛を、フリッツの優しさで埋めてきた結果なのか。

そう思ったこともあるけれど、ただそれだけの相手に、性的な興奮を覚えるはずがない。弟のように接してくれるフリッツに対して、性愛を感じている自分を汚く思うときもある。けれど体は正直なので、心でいくら戒めたところで無意味だった。

（フリッツのことを無理やり忘れるなんて、たぶんできない）

望みのない片想いを永遠に胸の奥に眠らせ、気の合う人とそれなりに愛し合う未来もあるかもしれない。そう思っても、「それなりに愛し合う」相手を選ぶ気にはなれない。

だから二年前の、アントニーの誘いも、やんわりと断った。

その後も数度、丁寧な誘いを受けたけれど、すべて断ったので、アントニーはテオとは恋愛ができないと分かったはずだ。その後は一度も誘われず、研究室の仲間としていい関係を築いてきた。

アントニーは押しの強いほうではないが、体格がよく、容姿も爽やかな美形なので、それなりにモテる。実際、テオが断ったあとは、何人か恋人らしい相手がいたのを知っている。狭い大学内で、行動範囲も似ているから、意識しなくても眼につくのだ。

「……フリッツは僕を弟のように思ってるから」

ようやく答えると、アントニーはわずかに眉をひそめた。

「それって……きみはそう思ってないってこと？　テオ」

訊かれて、テオはうなじに、じわっと汗が浮かぶのを感じた。

（……アントニーは……もう僕のことはなんとも思ってないはずだったのに、違ってた？）

まさか、僕だってフリッツのことは兄だと思ってるよ——そう誤魔化そうとしたときだった。背後から、「これはこれは」と聞き知った声がした。

「アントニーじゃないか。この前はどうも」

振り返ったテオは、いやな予感が当たったことを悟った。そこに立っていたのは、白衣を着たフリッツだったから。

しかもフリッツは、テオの肩に手を置くと、にっこりと笑いながらこう続けた。

「きみは、フォルケ家の次男なんだって？　この前、教えてくれたらよかったのに」

テオは小さく、ため息をついた。

今日はこれで何度目だろうか。夕飯を終えて、片付けも終えて、風呂に入る前の隙間の時間。

窓の外はとっぷりと暮れ、狭いリビングにはアンティーク調の読書灯が点《とも》っている。その光源を横顔に受けながら、フリッツが風呂上がりのガウン姿のまま、ソファにごろりと寝そべっている。

そうしてウイスキーのロックを片手に、時々チョコレートをつまみながら、論文を読んでいる――その姿態が、いやになるほど美しく、様《さま》になっていた。

（これで四十路手前だなんて……でも、二十代にこの色気は出せないだろうな）

フリッツに恋をしているせいで、ため息の元凶だというのに、そんなことを考えてしまった。

ガウンの胸元がはだけ、雄々しい胸筋が見えている。裾からは、惚れ惚れするような筋肉に覆《おお》われた太ももが見えた。ほどよく日に焼けていて、男としても嫉妬するほどに完璧な体だ。完全に乾いていない金に近い明るい茶色の髪から滴《したた》る水滴すらも、フリッツを彩《いろど》っている。

（僕と同じで研究室や病院に引きこもってるはずなのに……どうやってあの体型を維持しているんだろう）

あの大きな体に、素肌で触れてみたいし、ちゃんと見たことがない下肢《かし》を覗いてみたい、という欲求をややもやと感じて、テオはそれを振り切るようにぐっと瞼《まぶた》を閉じた。

「どうした、顔色が悪いぞ」

読んでいた論文をばさりとテーブルの上に置いて、フリッツが訊いてくる。

（顔が赤いの間違いじゃなくて？）

勝手に体を盗み見して、あらぬ妄想をしていたのだから青ざめているわけがない。けれどそんなことは言えないので、テオは腕を組み、わざとつんとした態度をとった。

「どこかの誰かさんが、また僕の友人を脅すような真似をしたからじゃない？」

昼間の、アントニーとの一件である――。

突然食堂に現れたフリッツは、椅子をひいてテオとアントニーに同席し、「フォルケ家の次男は、俺の弟とずいぶん仲がいいんだな」などと、いちいち家名を持ち出して話しかけてきた。

貴族の人間は家名を出されると弱い。アントニーも脅されたと感じたのだろう。「用事があるので」と言い訳をして、早々に退散した。

「この前の朝のこと、やっと謝ったばっかりだったのに。大体、どうやってアントニーの家名を調べたの」

「俺がお前たちの大学の客員教授だって忘れたか？　お前と同じ研究室だって聞いてたから、メレルに教えてもらっただけさ」

メレルとは、テオの指導教諭の名前だ。わざわざ聞き出したのかと思うと、なぜそこまでするのかと呆れてしまう。

「フリッツは僕の周りから、友だちをなくさせるのが目的なの？」

「相手をみてやってる。そもそも、たいした脅しでもないだろ。家名を出されてさっさと退散したってことは、後ろ暗いところがあるってことだ」

「元大公家の公子殿下に、あんなふうに言われたら、なにもなくても怖《お》じ気《け》づくでしょ？」

「その程度の人間なら、べつにお前が懇意《こんい》にしてやることはない」

ああ言えばこう言う。

なんて意地っ張りなんだとテオは舌を巻いた。三十九にもなって、二十歳そこそこの若者相手に圧力をかけるなんて、大人げがないとは思わないのか――。

（……フリッツはどうして、僕の交友関係に口を挟んでくるんだろ）

兄だから？　心配だから？　でも、過保護すぎないだろうか？

もしかして、と、またしてもあり得ないことを考えてしまう。

やっぱり、もしかして、ほんのわずかでも――嫉妬してくれていたりするのだろうか？

テオのことを、弟ではなく、性愛の対象として見てくれる余地が、あったりする？

（いや、ないない。あり得ない……）

そう思うが、恋愛感情という妄執《もうしゅう》は、わずかな可能性でもあるのならすがりたいと思わせるから厄介だった。

「……アントニーはね。僕に働き口の紹介をしてくれたんだよ。知ってるでしょ、研究関係の進路はそう多くないってこと。すごくありがたかったのに……」

「働き口？」

フリッツは、急にパッと顔をあげた。赤い瞳の奥で、わずかににじむ金色が花火のようにパッと散る。その瞳は、好奇心を含んでテオを見ていた。

テオは向かいの肘掛け椅子に、腰を下ろす。

「……染色体制御の研究室だって。軽く聞いただけだけど、大学所属で、まだ若いチームらしくて……人員を探してるって言ってた」

「予算はどこから出てるんだ？」

「国の支援が入ってるみたい。チームの研究優先だけど、個人研究もしていいらしい。責任者の教授が、僕の論文を読んでくれたって」

「悪くなさそうじゃないか！」

フリッツは寝そべっていた姿勢から座り直し、自分のことのように嬉々として、身を乗り出してくる。

　ここしばらく、フリッツがテオの進路を気に掛けていたことは知っている。大学院に進んでもいいんじゃないか？　研究を続けられるなら、そのほうがいい――そんなことを、何度か言われた。

　とはいえ、研究を続けるというのは恵まれていないと難しい。もちろん、テオには強い後ろ盾があるから、実家に頼れば研究資金は集められるし、個人資産から費用をまかなうこともできる。

　だが、実家には自分のためにそこまでしてほしいとは思えないし、個人資産だって、他に有益な使い方があるのではと思ってしまう。

　となると、どこかの研究所に所属するか、大学院に進むか。そうでないと、金も設備も時間も要する研究を続けるのは至難《しなん》の業《わざ》だ。

　現実的には、働き口の少ない研究所を探すよりは、ポストドクターを目指して大学に残るか――ポスドクになっても、任期付きなので不安定だが――より早く見切りをつけて、一般企業に就職するかになってくる。

　フリッツはテオの自由にするといい、と言いつつも、できれば研究を続けてほしそうだったので、アントニーの提案には好意的なのだろう。

（……でも、オーストラリアの大学なんだよ……って言ったら、フリッツはどう言うのか

な)

テオは「それで？　詳細はもうもらったのか？　教授の名前は？」とわくわくした様子のフリッツを見ながら、考えてしまった。

こんな試すようなことはしてはいけない、と思うのに、どうしても場所を告げたときのフリッツの反応を知りたかった。遠すぎる、と渋ってくれたらいいのに。そんなふうに期待している自分がいる。

「……でも、実は場所がね」

そう切り出したとたん、心臓がどくどくと早鳴る。なんとなくフリッツの眼を見れなくて、やや逸《そ》らしながら続けた。

「オーストラリアの大学、なんだよね」

ヴァイクからは遠い場所。時差もかなりあるから、連絡もとりづらい。

もしも――ほんの少しでも、フリッツがテオに恋愛感情があれば、淋しい、と思うはずの距離。

けれどテオは反応を見るよりも先に、慌てて付け加えてしまった。

「といっても、まずは一年だけの契約らしくて、すぐ帰ってこられるんだけど！」

――ああ、ばかだ。

予防線を張ってしまった……。

臆病《おくびょう》な自分に失望していたら、フリッツは「オーストラリアか」と口の中で確かめるようにその単語を呟いた。

「……悪くないんじゃないか？　暮らしやすい国だと聞くし、距離はあるけど、まあ今だってケルドアに帰るのは年に一、二回だろ？　父さん母さんは寂しがるだろうが……そうはいっても、お前も忙しいから、毎週末帰れるわけじゃない」

あっさりとした口調だった。フリッツは太陽のように明るく笑うと、

「お前のやりたいことがそこでできて、なによりお前が幸せになれるなら、場所はあまり関係ないだろう」

と爽やかに言い切った。

テオは一瞬、言葉が出てこなかった。そうだね、と笑うべき場面なのに、突然心臓を鷲摑みにされたかのように、胸に痛みが走った。

フリッツの反応なんて、とっくに分かっていたことなのに、信じられないくらいショックを受けている自分がいた。

――なによりお前が幸せになれるなら。

そう言った、フリッツの声が耳の奥でリフレインした。

「……そう、だね。まあ、まだ詳しく聞いてないから、あくまで想像だよ。僕、お風呂入ってくる」

ようやくそれだけ言って、踵《きびす》を返す。

心臓がどくどくと脈打ち、顔にかっと熱が昇ってくる。脱衣所に入ると、震えた息が唇《くちびる》から漏れた。鼻の奥がつんと冷たくなったが、ぐっと歯を食いしばって泣くのを我慢した。

(……なに期待してたんだろ。フリッツの反応は……家族なら、当たり前のものなのに)

むしろテオの背を押してくれることを、喜ぶべきだ。ありがたいと、感謝するべき。ショックな気持ちを忘れるように手早く服を脱ぎ、熱いシャワーを頭から浴びた。

じっと立っていると、少し落ち着いてくる。

――そうだよ、僕だって、もしソラのことだったら……。

そんなふうに考える。ケルドアで暮らしている十二歳の甥、空《そら》は、テオにとって弟同然の可愛い存在だった。もしも自分がフリッツの立場なら、テオだって空のための最善を考えて、多少距離があっても、本人にとっていいことなら背中を押しただろう。

(結局……フリッツにとって僕は、弟ってこと。それが分かっただけ。でもそんなこと、もう何度だって思い知ってるだろ)

むしろ不思議だった。どうして自分は、兄同然のフリッツに対して、こんなにも恋心を抱いているのだろうか。

いっそ勘違いならいい。何度も考えたことを、また考える。それでもテオがフリッツを好きで、欲しているのはどうしようもない現実だった。他の人にはちらりとも性欲を刺激されないのに、フリッツには触れたいと思うし、触れられたいと感じるのだから。

いつからこうなってしまったのだろう――。

シャワーを浴びながら、思い返してみる。寄宿舎に入る前は、普通だった。テオはフリッツとよく同衾していたけれど、大きな体に包まれても安心感しかなくて、性愛めいた欲を感じたことはない。

思い当たることといえば、寄宿学校の寮で、二学年先輩からふざけて押し倒されたときのことだ。当時のテオは、十五歳。

戯《たわむ》れに下半身を触られて、ひどく気持ち悪かった。そのときに思い出したのが、フリッツだった。

――せめて相手がフリッツなら、喜べたのに。

そう思った瞬間、テオは混乱した。どうして、自分はこんなことを考えるのだろうと。

結局、先輩の悪戯《いたずら》はすぐに寮監に見つかって、その人は退学処分になった。

事件は表沙汰にはならなかったが、もちろんヴァイク家の耳に入り、学校は圧力をかけられたらしい。テオの行く先々に寮監や教師、模範生などの監視の目がつくようになり、二度と不埒《ふらち》な真似はされなかった。

当時、ケルドアで仕事をしていたフリッツは、学校から特別休暇を許されたテオのもとへ慌てて帰って来てくれた。

怖かっただろう、お前が望むなら相手のことを消してやるから安心しろ、と言いながら、フリッツはテオを抱きしめて眠ってくれた。

フリッツは純粋にテオを心配してくれていたのに、テオはどうしてか苦しいほど胸がドキドキした。そうして初めて、自分の性器が反応していることに気づいてしまった。

幼い欲を呼び起こされて、テオは困惑したし、恥ずかしくてたまらなかった。それなのに一方で、フリッツの腕から離れたくないとも思う。

――もし、悪戯してきたのがフリッツだったら……。

寝間着の中に手を忍ばせてくるフリッツ。足を撫でられ、下半身をいじられたら。

考えただけで体の奥が熱くなり、テオは「トイレ」と言ってフリッツの腕から抜け出すと、実際にトイレで張り詰めた性器をこすり、達してしまった。

今思えば、あれが初めての自慰だ。

（……業《ごう》が深すぎる）

テオの性の対象は、あれ以来ずっとフリッツだ。フリッツがどんな人たちと交際経験があるのか知らないが、抱かれている人がいるのだと考えると、それがたまらなく羨ましかった。

（僕もそうされたい。……できるならずっと。それが僕の幸せだって言ったら、フリッツはどう思うだろう？）

詮《せん》のない妄想だった。テオにとっての幸せは、もうずいぶん前からたった一つだけれど、それは叶わないだろう。

フリッツにその気がないのもあるけれど、もしも気持ちを告げたら……と考えるたびに、養父母のことが思い出されるからだ。

(育ててもらったのに、その息子に恋してるなんて……失礼にもほどがある)

自覚した当初から、テオは自分の想いに蓋をしてきた。恩を仇《あだ》で返すことなど、できるはずがない。それでもただ一つ思うのは、この恋が叶わないなら――。

(たとえ地の果てまで行っても、僕は幸せを、見つけられる自信がない)

だからといって、この恋のために誰かを傷つけるつもりもないのだから、考えるだけ無駄なのだ。

「不毛だな……」

ぽつりと呟いた声が、浴室に小さくこだました。こだました音の残響を、テオはじっと息を潜めて、しばらくのあいだ聞いていた。

三

週末は五月らしい、朝から雲一つない晴れやかな天気に恵まれた。

その日テオは、育ての親であるフリッツの両親——ヴァイク家当主が住まう郊外の古城を訪れていた。

一帯は草原地帯で、遠くに海が見える。緑と青の織りなすグラデーションの中、小高い丘の上に建つ中世期の古城は、籠城戦《ろうじょうせん》のための無骨《ぶこつ》な城壁の上に、繊細な白亜《はくあ》の城壁と青い尖塔《せんとう》が連なっている。車窓から眺めると、それらは自然の中に溶け込んでいるように見えた。

養父母は大公家時代、首都にある大公城で過ごしていたが、地位を捨てた際にこの古城に住まいを移した。暮らしやすいように、内部は手入れされている。テオが七歳のときから、寄宿舎に入るまで育ったのも、この古城だった。

重々しい扉は、到着したときから開け放たれていた。

玄関先に車を停《と》めて迎賓《げいひん》室へ向かうと、真っ先に養父と養母が腕を広げ、テオを待ち構えていた。

「テオ！　ああ、私たちの可愛い末っ子！」

テオは着いた途端、齢《よわい》八十になる養父と、七十五の養母にぎゅうぎゅうと抱きしめられる。老いてはいてもタランチュラ出身で、身の回りのことはなんでも自分たちでする二人は、まだまだ壮健《そうけん》で体も大きい。抱き込まれると視界が二人で埋め尽くされる。

先月会ったばかりだというのに、まるで二年、三年離れていたかのような歓待ぶりだ。

「ただいま、お父さん。お母さん」

強烈なハグからようやく解放されたので、眼を見て挨拶《あいさつ》する。養父母は満足したように頷いている。

心からの愛情、てらいのない優しさが二人の瞳の中にある。

テオはそれが自分に向けられていることを感じて、胸がほっこりと温かくなるのを感じた。この古城も、養父母のことも、テオは心から愛していた。

「相変わらず、うちの四番目は愛らしいなあ、おいで、テオ。兄さんにもハグさせてくれ」

そう言ったのは、先に到着していたらしい、ヴァイク家長子のヴィルヘルムだった。

今年で五十二歳になるヴィルヘルムは、既に成人した子どもが二人いる実業家。フリッツが少し年をとったらこうなるだろう、というような容姿で、違っているのは瞳の色に金が混ざっていないところくらいだろう。

テオがヴィルヘルムに会うのは一年ぶりだ。

「ウィリー兄さん」

素直に胸に飛び込むと、ヴィルヘルムは優しく抱きしめてくれた。フリッツによく似た、けれどフリッツよりも柔らかな、甘いフェロモンの香りがする。性感は呼び覚まされない、ただ安心するだけの香りだ。

「雑誌を買って読んだよ、テオ。素晴らしい論文だった。鼻が高い」

「わざわざ読んでくれたの？」

まさか忙しい長兄が目を通してくれているとは思っておらず、テオはつい顔をあげた。

「当然だろ？　うちの末っ子の快挙だぞ」

心からの言葉だと分かるほど、ヴィルヘルムは柔和《にゅうわ》な眼をしている。

ちゃんと大切に思われていることが伝わって、嬉しさに頬が赤らむのを感じた。

テオが七歳でこの古城に引き取られたとき、養父母の子どもたちはみんな独立しており、居を別に構えていた。

頻繁に会いに来てくれたフリッツと違い、上二人の兄とはどうしても会う回数が限られていたので、今でもほんの少しだけ遠慮がある。突然紛れ込んできたロウクラス、どう見ても一家の誰にも似ていなくて、異物でしかない自分を受け入れてくれるだろうか……と、幼いころは特に不安だった。今では愛されていると分かっているものの、それでも気に掛けてもらえると、つい安堵《あんど》する。この家族の中に、居場所をもらえてありがたいと。

ヴィルヘルムの言葉を噛《か》みしめていると、「いつまで独り占めしてんだ」と言って、フリッツが引き剝《は》がしにかかってきた。

「お前が一番独占してるくせに」

ヴィルヘルムは文句を言いながらもテオを離し、テオはヴィルヘルムの妻と、二人の息子たちとも挨拶のハグをした。

「ジャン、ヒューゴー、ハグはほどほどにしとかないと、フリッツが怒りだすわよ」

ヴィルヘルムの妻が、自分はたっぷりとテオを抱きしめたあとで、二十代の息子二人に声をかけた。彼らは久々に会うテオを見ると、頰を上気させて喜んでいる。

「一年ぶりなんだよ。ずっと今日を楽しみにしてたんだ」

次男のヒューゴーが文句を言い、

「邪魔しないでよ、叔父さん。僕らは小さくて可愛いテオに、なかなか会わせてもらえないんだから」

長男のジャンがフリッツを牽制した。フリッツはニヤリと笑うと「言ったな、ジャン、ヒューゴー、今すぐテオから離れろ」と命じる。

ジャンとヒューゴーが、テオをぎゅうぎゅうと抱きしめながら、しばらくヤダヤダとごねるやりとりは、なにも今に始まったことではなく、初対面のときからの恒例《こうれい》だった。

なぜこんなことになるかというと——。

テオにとっては、そう難しいことではない。

ヴィルヘルムの妻も子どもたちも、全員タランチュラなのだ。次男一家もそう。ヴァイク家の一族の中で、タランチュラではなく、ましてやロウクラスなのはテオだけ。

全員がとにかく体の大きい人たちで、それがこの一家の平均なので、たまのホームパーティなどでヴァイク一族に囲まれていると、テオは塔の中に迷い込んだような気持ちになる。フリッツは「もう十秒もテオを抱いてる、いい加減離せ」と甥っ子たちに容赦《ようしゃ》がない。

この流れは、同じく一年ぶりの再会となったヴァイク家次男、ロドルフと彼の二人の息子たちに対しても、まったく同じやりとりが発生した。これも毎度のことなので、テオは慣れっこで、ただただ彼らからのハグを甘受《かんじゅ》する。

「テオ、見てごらん。パーティに来られなかったかわりにって、ケルドアのシモン様たちから、今朝届いたんだよ」

ひととおりの挨拶が終わったあと——テオが誰かとハグしている間、フリッツは番犬のように見張っていた——養父が部屋の奥のソファへとテオを連れて行きながら、見事な花束と、大小のプレゼントボックスを渡してくれた。

「……兄様たちから？」

プレゼントと一緒に添えられた、手紙の封筒を見て、テオは思わず声を震わせた。

胸に、喜びが湧いてくる。それはただ温かいものではなくて、こんな祝いの席でも気軽には会えないという淋しさも伴っている。

けれどたとえ会えなくても、ケルドアにいる兄が、自分を気にしてくれたのだ、ということは嬉しかった。

最初に開いた手紙には、流麗な兄の筆跡で、パーティに参加できないお詫びと、論文の感想、テオを誇りに思っていることが書かれている。同じ封筒に、シモンの伴侶、葵からの心のこもった手紙、十二歳になる甥、ソラからの、近況こみのメッセージ、まだ小さな五人の甥姪たちからの、イラストつきのお祝いカードも入っていた。イラストは、テオの顔と自分たち家族の顔を並べたものだ。

(……会いたいな)

シモンにも、葵にも、可愛い甥と姪にも会いたかった。血を分けた家族への思慕は、胸の奥でほのかに膨らむ。とはいえテオは、この気持ちを外に出すようなことはけっしてしない。

「プレゼントもたくさん届いてるのよ、一緒に開けてみましょう」

養母に促されて箱を開けると、甥と姪が一緒に手作りしたというチョコレートクッキーや、ケルドアの有名なショコラ店で特別注文したらしいトリュフ、チョコレートの香り付けをしたというワインなどが入っていた。添えられたカードに、「チョコレート・チョコ

レート・チョコレートをどうぞ」と葵《あおい》の字で書かれていて、テオはふと優しい気持ちになった。

幼いころ、テオはチョコレートが好きだった。

自分を無視する使用人たち、存在を否定してくる実母。

兄はテオを大事にしてくれたが、多忙すぎて一緒にいられる時間はわずか。

そんな環境でも、時々チョコレートを口にする機会があった。口いっぱいに広がる甘さは、その時々で、テオの心を慰めてくれた。

もしチョコレートが一つだけじゃなく、三つもあったならすごく幸せになれる気がした。

たったそれだけの幼い理由で、「チョコレート・チョコレート・チョコレート」という言葉をテオが作っていたのを、葵は今でも覚えてくれているのだ。

　他にも、新しく仕立てられた美しいシャツや、高級な生地であつらえたタイ、テオの名前入りの万年筆などが選ばれて送られてきていた。

「帰ったら、お礼の電話しなきゃ」

「してあげなさい。あなたの声を聞きたがってるに違いないわ」

　養父と一緒にテオを挟んで座った養母が、優しく背を撫でてくれる。迎賓室にはたっぷりのご馳走とケーキが並び、他の家族たちは早速シャンパンを開けていた。

テオの偉業に乾杯、と長子のヴィルヘルムが音頭《おんど》をとり、みんながグラスを掲《かか》げたあと、思い思いにおしゃべりをしながらパーティは始まった。

家族だけの集まりなので、気楽なものだ。しばらく養父母と話したあと、テオは長子一家、次男一家と順番に交流した。ヴァイク家は気さくな家庭だし、テオを家族と認めてくれているけれど、テオは貴族のマナーは最低限守っている。

パーティの主催者と話したあとは、身分の高い人から順番に、テオのほうから話のしやすい場所に移動するのだ。マナーといってもこの程度で、どちらから先に話しかけるかといったややこしいエチケットは気にしていない。

テオが話しに行くと、ヴィルヘルムもロドルフも、嬉しげに輪の中に入れてくれる。

フリッツと違ってあまり会える人たちではないぶん、遠慮はあるものの、そう多くはない交流の中で優しくされ、守られた記憶しかないので、テオは少しはにかみつつも、兄二人には素直に甘えるようにしていた。

フリッツはそれを、

「なんでいつも一緒にいる俺より、ウィリーやロルフに対して素直になるんだ、お前は?」

と、怒ってくるのだが、それは仕方がない――フリッツはよくも悪くもテオが素で接することのできる唯一の相手だから。

（いくらヴァイク家のみんなが優しくても、フリッツに対するほど、さらけ出せるわけないよ）

七歳で引き取られたとき、あちこちでワガママを言えば、お荷物だと思われていたはずだ。テオだって、そのくらいの分別はある。

「会うたびビックリするよ、テオ。本当に可愛いから」

まだ十七歳のレオン——フリッツの甥——がそう言った瞬間、少し離れた場所にいたフリッツが「おいこら、レオン」と注意を垂《た》れてきた。

「テオのほうが年上だぞ、敬った態度をとれ」

レオンは「うわ、地獄耳……」といやそうに顔をしかめた。

「相変わらず叔父さんはうるさいんだから。だって可愛いんだから仕方ないじゃないか。学校にだって街中にだって、テオみたいに小さくて可愛い子はいない。ちょっとくらい浮かれたっていいだろ」

「叔父さんなんてテオの家に、勝手に泊まってるくせに」

二十三歳のヒューゴーが唇を尖《とが》らせ、十九歳のアリックスが「僕らだって可愛いものが好きなんだ」と文句を言う。

テオは苦笑いして、家族が一堂に会したら必ず起きる、「ロウクラスであるテオを可愛がる権利」争いを眺めていた。ここでのテオは、にこにこしているだけだ。ハイクラス屈《くっ》指《し》の起源種である、タランチュラ一家の言い争いになど、のこのこと入っていきたくない。

ヴァイク一家がこれほどテオに好意的なのは、彼らが貴族社会の、上位種との交流がほとんどだという、環境的要因もあるとテオは見ている。

簡単に言えば、ヴァイク家の人たちはテオ以外のロウクラスと接したことがないのだ。

(アオイの母国ではロウクラスのほうが多いって言ってたな。むしろヴァイクやケルドアみたいに、タランチュラばっかりいる国のほうが稀だって話だけど……)

フリッツ対フリッツの甥たちの言い争いをぼんやり眺めていると、しなやかな腕が伸びてきて手を引かれる。

気がつけば、ヴィルヘルムとロドルフの妻に、さらわれていた。これもまた、いつものことなのでテオは驚かない。

「男どもが不毛な争いをしてる間に、あたしたちと遊びましょう、テオ」

「はい、お義姉さんたち。今日はお会いできて本当に嬉しいです」

テオは美しい義姉たちに、にっこりと微笑む。その途端、義姉二人は少女のようにきゃあきゃあと声をあげて喜んだ。

「なんて可愛いの。毎月会えたらいいのに」

「いつ会っても天使みたいね。夫と結婚して一番いいことは、あなたが弟になったことよ、テオ」

彼女たちもタランチュラ出身なので、テオより体格がいい。ケルドアではテオの起源種は蔑みの対象だったのだが、大らかな国民気質のヴァイクでは、とにかく愛される。初めて会った時から、義姉たちも大概テオをぬいぐるみのように可愛がってくれている。

（ぬいぐるみ……着せ替え人形？　ペット？　まあ、それ以上でも以下でもないというか……）

テオは自分を、小柄だと思うことはあるけれど、可愛いと思ったことがないので不思議だった。けれどたぶん、人々がテオに感じる愛情は、自分が赤ちゃんを見た時に感じる愛情と似たものなのでは、と仮説を立てている。自分より小さいものは、無条件に愛しく感じる。これは人間の本能のようなものだ。

「テオ、刺繍《ししゅう》の美しい西アジアの民族衣装を手に入れたの。見た瞬間あなたが思い浮かんだから、今度うちに遊びに来ない？　着てみてほしいのよ。絶対に可愛いわ！」

「あら、それならプロのカメラマンを呼ぶべきよ。写真集を作るのはどう？」

「お義姉さんたち、さすがに写真集はやめてください。僕、恥ずかしくて困ります」

テオが本気で困っていると、義姉二人はきゃあっと笑う。

「写真集は何度も諦めたのよ、本当にだめ？　ああ、でもテオがいやならできないわ。あなたが悲しいと思うと胸が張り裂けそうになるの」

「そのかわり、衣装は着てくれる？　他にも着てほしいものを見つけるたびに買っておいたの。今度家に招待するから、ね？」

「着るくらいなら大丈夫です。お待ちしてますね」

やったわ！　フリッツには黙っておくのよ、ついて来られたら厄介だから、と義姉たちに口止めされ、テオは苦笑した。

テオはこういう、愛玩物《あいがんぶつ》そのものの扱いを、さほど悪く受け取っていない。ヴァイク一家まるごと――フリッツ以外は――こんな感じで、テオがなにをしたかや、なにを考えているかより、テオの小ささやロウクラスらしさに気を取られているが、それも喜んで受け入れている。

人によっては差別的に感じるのだろうが、故郷では徹底的に無視されて、いらない子扱いだったのだから、愛玩物のほうがずっとマシだ。彼らには一切の悪気なんてないし、心からテオを愛してくれている。

テオがなにをしようが構わないというのは、淋しいことでもあるけれど、裏を返せばなにもしなくても、ただ存在するだけで可愛がってもらえるということでもある。

「テオ、そろそろいいかしら。庭のバラが見頃なの。私たちと散歩しない？」

食事をとりつつ、二時間ばかり交流すると、やっとみんなの「テオを可愛がりたい」という欲求も治まってきた。

テオが解放されるころを見計らって、養父母がそう誘ってくれた。他の人たちは酒を飲んで語り合いはじめ、フリッツですら、兄たちとの会話に集中している。

誰もテオを気にしなくなると、養父母は必ず声をかけてくれるのだ。これもいつものことだった。

「お父さんお母さん、はい。実は今日、バラを見るのが楽しみで来たんですよ」

会場を後目《しりめ》に、テオは養父母と一緒に、美しく手入れされた庭へと下りていった。


古城の広い庭のほとんどは、養父母が二人で手入れを担当している。庭師もいるが、大公位を辞《じ》し、この城に移ってからというもの「どうせすることもないんだから」と養父母は身の回りのことを自分たちでするように心がけていた。

庭仕事は彼らにとっては楽しい趣味のようで、テオもこの城で暮らしていた幼いころは、よく手伝っていたものだ。

なので庭の中は、眼をつむっていても歩けそうなほど、慣れ親しんだ場所だった。

「今年も本当にきれいに咲いてますね」

健脚《けんきゃく》の養父母と並んで、テオは見事なバラ庭園を歩いた。

彼らが丹精《たんせい》込めて世話をしていると知っているから、よりいっそう美しく感じられる。

五月の庭園はけぶるほどの緑に囲まれ、みずみずしい生気に満ちあふれていた。

アーチやオベリスクに誘引されたつるバラや、満開に花をつけた木立性《きだちせい》のバラたちが、明るい日差しの中、匂やかに咲き誇っており、バラの香りが鼻腔いっぱいに広がる。

「テオの好きなバラも咲いたのよ」

養母に手を引かれて足を運んだ先には、花弁の中央が黄色、外側へいくほど赤色にグラデーションになるバラが植わっていた。

「いいときに見れたわね、あなたは小さいころから、このバラの花びらの、赤と黄色に混ざっているところが一番好きって言ってたもの」

「あ……」

テオは少し恥ずかしくなって、なんと言うべきか迷った。

赤と黄のバラは、花弁のグラデーションのおかげで、とても幻想的に見える。

この品種は咲いてからだんだんと色を変えるので、赤と黄がちょうどよく織り交ぜられた時期はとても短い。あと二日もすれば、花弁は真っ赤に染まるだろう。

そんなバラを、テオが好きだった理由はただ一つ——。

(フリッツの、瞳の色に似てるから……なんて)

今ではとても言えない。

けれど幼かった時分には、テオは素直に養母へ話していた。

——『お母さん、このバラ、フリッツの眼の色に似てませんか?』

赤い瞳の奥に、わずかにきらめく金色の瞳孔。

明るくて陽気なフリッツの中に潜む、わずかな神秘性。

それを特別に感じていたから。

バラを世話していた養母の隣で手伝いながら、当時八歳だったテオは無邪気に告げた。

その言葉に、ほんの数秒だけ、養母が驚いて手を止めたのを覚えている。

――『ええ、そうね。フリッツの眼は、私たち家族の中で一人だけ、わずかに金色だもの。でも……ウィリーもロルフも気づいてないのよ。テオはフリッツのことを、とってもよく知っているのね』

テオは不思議に思って首をかしげた。フリッツの瞳が金色を帯びていることなんて、見ていればすぐに分かる。ヴァイク一家はみんなレッドスレート・タランチュラが起源種なので、容貌も似通っており、濃淡の差はあれど、誰もが明るい茶色の髪に赤い眼をしている。けれど唯一フリッツだけは、瞳の中に金を含んでいる。

――『私と、夫だけが知ってるの。あの子の眼をようく見ないと気づかないから。でも、テオも知っていたのね。……嬉しいわ、テオ。あなたがフリッツを大好きでいてくれる証拠ね』

あのときの養母はにっこり笑い、テオも純粋にその言葉を喜んだ。養母が嬉しいと言ってくれたから、この理由はいいことなのだと。

けれど二十歳になった今は、とても同じ台詞は言えなかった。

フリッツの瞳の色に似ているから、このバラが一番好き。

――それは、フリッツのことを特別好きだと言っているのと、変わらないではないか。

(こういうとき、演技が上手なら、うぶなフリして言えるのかもしれないけど……)

いくらヴァイク家の末っ子として愛玩されていても、テオの本質は可愛らしいお人形のようなものとはかけ離れている。

頼れる家族と引き離され、勉強に打ち込むしかなかった日々。ヴァイクでは大事にされて育ったけれど、ずっと早く大人になりたかった。自立することが、一番の望みだったテオは、無邪気を装うのが苦手だった。

(……僕がフリッツに汚く欲情してるなんて知られたら……お父さんとお母さんは、僕を軽蔑《けいべつ》するだろうし)

普段はなるべく考えないようにしていることが、頭の中にちらついて、思わずぐっと唇を噛む。

ちょっと想像しただけで、いやな汗がにじむほどに怖かった。ヴァイク家の中の、可愛い末っ子という毒にも薬にもならない立場。これすら失ったら、この国での居場所がなくなる。

(想うだけ……伝える気なんてないし、叶うとも思ってない。なにも望んでない……それでも、いけないことだ……)

恩人である養父母の、大事な息子に恋をしている罪悪感は、そう簡単に消えるものではない。

テオは養父母が悲しむことは、生涯したくないと思っている。血のつながりのない、ほとんど赤の他人のような自分を、大切に育ててくれた。実の親以上に、親だと慕っている人たちだ。

……この人たちがいなかったら。

テオはたまに、そんな想像をする。引き取られた先がヴァイクではなく、フリッツの両親でもなかったら。

浴びるような愛を、注いでもらっていなかったら。

自分は今ごろ、劣等感に押し潰され、ひねくれて、この世界を呪っていただろう。実際、今でも実の母のことを思うと、拭《ぬぐ》いきれない恨《うら》みが、心の底に残っているのを感じる。

それでもテオが歪《ゆが》まずにすんだのは、フリッツと、養父母のおかげだった。突然家に転がりこんできたテオを抱きしめ、撫でて、涙をぬぐいながら、養父母は何度も言ってくれた。

――『可愛いテオ。あなたがうちに来てくれてどんなに嬉しいか。あなたが生まれてきてくれて、どれだけ感謝しているか。心からあなたを愛してる』

四六時中囁かれた優しい言葉が、ひび割れたテオの心に少しずつしみこんで、テオの心を守ってくれた。テオにとっては神様のような人たちだ。

彼らを自分の恋心で傷つけたくない。だからテオは、どんなにフリッツが好きでも、最初から伝える意思はない。この気持ちは、墓場まで持って行くつもりだった。

「そうだ、バラを持って行くといいわ。ちょうどいいのを見繕ってあげる」

養母はいいことを思いついた、とばかりに手を叩いた。養父はいつの間にか、小屋から庭仕事用の剪定《せんてい》ばさみを持ってきていた。

「お前、テオには一番きれいなところをあげなさい。この際庭の見映えなんてどうだっていいんだから」

「もちろんよ」

養母は張り切って、素手のまま果敢《かかん》にバラの枝を切り始める。棘《とげ》を落とすのは養父の役目だ。テオはその様子に、思わず笑ってしまう。

「お父さんもお母さんも、相変わらず手袋しないんだから……傷ができちゃうじゃないですか」

「私たち、先代の大公夫婦によく怒られたわねえ、庭仕事に手袋もせず……って」

「私はちゃんとしてた。怒られてたのはお前だけだよ」

「あらまあ、都合よく記憶の書きかえられる頭だこと！」

皺だらけの手に傷がつかないか、テオは少し心配しながら見ていたが、手慣れた二人は棘などものともせず、素早く花束を作っていく。咲き初《ぞ》めのバラの花束は、いつしかテオの胸に抱かれていた。

「大事に飾りますね」

二人からの贈り物が嬉しい。テオに少しでもなにかをしてあげたい、という養父母の気持ちが伝わってくる。それがなによりもありがたくて、頬に熱が点る。

（ほんのちょっとでも誰かに想ってもらえるのは、当たり前じゃないことだ……）

自分に、気持ちを傾けてくれる人がいる。

無視されるのが日常だったテオにとっては、それだけで、心が明るくなる。

爽やかなバラの香りが胸元から漂い、赤と黄の、フリッツの瞳のようなバラを見つめると、テオは顔を上げて微笑んだ。

養父母は満足げに頷いたあと、なぜか庭をきょろりと見渡した。

彼ららしからぬ、なにかに用心するような雰囲気だ。テオはどうしたのだろう、と不思議に思った。

「こんな花束くらいじゃ謝罪にならないわ。……今日はね、私たち話し合って、テオに謝ろうと決めていたの」

養母が真剣な声で言いながら、テオの手をひいて庭のさらに奥へと連れていった。

「……謝るって、なにをですか？」

テオは内心驚いていた。二人に謝られるようなことなど、身に覚えがなかった。

（パーティを開くのが遅れたとか？　シモン兄さまを呼べなかったから……とか？　でもそんなこと、謝るようなことじゃないし）

パーティが遅かったわけでもないし、シモンが来られなかったのは立場的なものだから仕方がない。けれど他に謝罪されるような理由も思いつかなくて、テオは首をかしげた。

突然、思ってもみなかったことを言われたのは、その直後だった。

「……私たち、去年くらいまでフリッツにお見合いを勧めてたでしょう？　……あなたの気持ちに気づいてなかったとはいえ、悪かったと思ってるの」

養母が、申し訳なさそうに言う。

聞いた途端、テオはどくんと心臓が激しく打つのを感じた。痛いほどに、気道が狭まり、息が苦しくなる。

（なに？）

一瞬、意味が分からなかった。頭が養母の言葉を理解するのを、拒否しようとしている。

「……テオ、あなたは、フリッツを愛してるのでしょう？」

養母の赤い瞳が、少し悲しそうに、不安そうに揺れているのが見えた。

途端に、ぐわんと視界が揺れた気がした。

（なにしてるんだ、早く、答えなきゃ……）

テオは焦っていた。

——愛してます、もちろん。家族として。

そう言おうとして、どうしてか言えなかった。喉がからからに渇《かわ》いて、声が出ない。頭に鈍痛が走り、目眩《めまい》がして、緩んだ腕からもらったばかりのバラがばさばさと落ちる。

テオはハッとして、「すみません……っ」と言いながらしゃがみこんだ。

バラを拾う指が、ぶるぶると震えている。茎をつまむ指に力が入らず、するりとすべってバラが落ちる。

混乱していた。

フリッツを愛しているのでしょう？

養母はたしかにそう言った。その問いかけが、耳の奥にこだまする。養母の言った「愛」は、明らかに家族愛の意味ではなかった。

——どうして？

（なぜバレたの？　いつから……知られてた？　どうしよう、お父さんとお母さんが）

——今、僕を気持ち悪いって眼をしていたら。

絶望が心を染めていく。頭から血の気がひき、全身が痺《しび》れているような気がした。真っ暗な谷底に突き落とされた気分だった。もしも二人に軽蔑されたなら、もう生きてはいけない……。

「テオ」

地べたに視線を縫《ぬ》い付けたまま、動けなくなったテオの背中に、養父の声がかかった。落ちてくる声音は、いつものように優しいものだった。

「責めたくてこの話をしたわけじゃないんだよ。だから顔をあげて」

養父の大きな手が、テオの頭を撫でる。その仕草は、七歳のときから変わらない、テオを傷つけないよう、安心させようとする優しい手だった。

それでもまだ怖かった。混乱したまま視線をあげると、養父母は心配そうに屈《かが》んで、テオを見つめてきた。

彼らの赤い瞳には、テオを非難するような色はなかった。いつもと同じ、自分を心配し、慈しみ、どこまでも許してくれる、ひたすらに善良な眼差しだ。

――責めないのですか？

そう訊きたくて、声が出ない。じわりと目の奥が熱くなる。養母はテオの手を取って、安心させるように撫で、とんとん、と優しく手の甲を叩いた。

「いきなり言われて驚いたわよね。私たちも、すごく悩んだの。あなたに、あなたの気持ちを知ってると伝えるかどうか。でも……きっと伝えたほうが、あなたの負担が軽くなると思ったのよ」

「すまない、テオ。うまく言葉を選べればよかったんだが……」

「まあ。私が悪いみたいな言い方ね。切り出す勇気がなかったのはあなたのほうでしょ」

「おい、やめなさい。テオが困るだろ」

養父母はまるきり、いつもの調子だった。養母はさっと落ちたバラを拾い、「ここで話すことじゃなかったわねえ」とテオを立たせた。

テオは混乱したまま庭のガゼボに連れて行かれ、備えつけのベンチに座らせられた。訊きたいことは山ほどあるのに、頭の中が真っ白だった。

ガゼボからはバラ庭園が見渡せ、華やかに色づいた花々の合間を、蝶が舞っているのが見えた。うららかな太陽の光は、昼下がりに近づいて低くなりはじめている。

「……ごめん、なさい」

テオがやっと言えたのは、それだけだった。

疑問はたくさんある。けれど真っ先に言うべきなのは、謝罪だと思ったからだ。言った途端に、張り詰めていたものが切れて、ぼろりと涙がこぼれた。

「ああ、泣かないで。それに謝ることじゃないわ。私たち、実は喜んでるんだから」

「そうだともテオ」

養父母は、テオが泣くと慌てて身を乗り出してくる。喜んでる、と言われて、さすがに涙が止まった。

――どこに喜ぶ要素が？

大事な息子に、恩をかけた相手が恋い焦がれているのに、なぜ喜ぶのだろう。

わけが分からずに顔をあげると、養父母は泣き止んだこちらの様子にホッとしているようだった。

「ああ、でもその反応を見るに、あなたの気持ちは間違いじゃなかったのね。私たちの勘違いで、一笑に付されたらショックを受けるところだったわ。ねえ、あなた！　テオが、フリッツを愛してるのよ、なんてことかしら、天からの贈り物ね」

言葉の最後には、急にはしゃいだ様子で養母が養父を振り返った。

「本当だ。私たちの臆病な息子を、こんなに素晴らしい末の息子が愛してくれてるなんて。フリッツも幸運な男だな」

なぜか嬉しそうな養父母を見ていると、だんだん、テオも落ち着いてきた。声を弾ませて浮かれている二人の様子から、言っていることは、嘘じゃないらしいと思える。

（……本当に本気なの？　本気で、僕がフリッツを好きで……お父さんとお母さんは、嬉しいってこと？）

まだ半信半疑のまま、そっと伺うように問う。

「育てていただいたのに……勝手にフリッツへよこしまな気持ちを抱いてしまって、なのに……責めないんですか？」

「なんてこと言うの、テオ！」

養母が悲鳴をあげて、ぐっとテオの両手を握ってきた。

「愛とは崇高《すうこう》なものよ。よこしまだなんて。……長い間、あなたの気持ちに気づかずに無神経なことをしたと謝りこそすれ、責めるだなんてありえないわ」

「テオならきっと私たちのことを思って、罪悪感を抱えているだろうと思ったんだ。だから、今日伝えたんだよ。きみに遠慮なんてしてほしくないからね」

言われていることがあまりにも信じられない。テオの常識からすれば、ありえないことだった。

けれど養父母は、呆然としているテオに、少し前から、もしかしたらテオがフリッツを好きなのでは、と思うことがあったこと。けれど兄弟のように育ったから、勘違いだろうと流していたこと。一年ほど前に、フリッツと過ごしているテオの姿を見て確信したこと、を話してくれた。

「あなたが我が家に泊まっていた期間、フリッツが前触れなく帰って来た日があったわね？　あの時のあなたの眼が、とても雄弁《ゆうべん》だったわ。ただの兄に、あんなにも切なさと喜びに満ちた眼差しをするはずがないって」

「……そんなに、態度に出てましたか？」

テオは恥じ入った。養母は「私だから気づいたのよ」となぜか胸を張った。

「あなたの母親だから。一番に気づいたのは私なの」

「私だって、もしかしたらと思っていたぞ、私こそテオをよく見てるからな」

「まあ。私が相談するまで、あなたはちっとも分かってなかったじゃないのよ。私の功績を横取りしないでちょうだい」

養父母はまた、つまらないことで張り合っている。普段の、ごく普通の会話の調子で、フリッツに抱いている恋心について話されることに、いたたまれなさを覚えて、テオは縮こまった。

「それにね、テオはフリッツにだけは遠慮せずに甘えられるでしょう」

養母にそう切り出されて、テオはドキリとする。

「あなたは穏やかで優しいけど、フリッツには文句も言うし、ワガママも言えるわ。それは幼かったときからそうね」

テオは慌てて、顔を上げた。

「それは……お二人は僕にいやなことをしないからで、お二人の愛情を疑ってるからじゃありません。フリッツは……その、七歳より前から出会ってたし……」

「そんなこと、心配してないわ、テオ」

養母が安心させるように、テオの肩を撫でてくれる。けれどテオは、気まずかった。

自分がフリッツに対してだけ、横柄《おうへい》に振る舞ったり、弱みを見せるのは本当のことで、他の人にはそんなふうに振る舞えない自覚はあるからだ。

――テオって、他人のことそんなふうに話すことあるんだね。

ふと脳裏に、アントニーの言葉がよぎった。

（……フリッツに対してだけ違うこと、アントニーにも驚かれてた）

そんなに分かりやすい態度なのかと、気が気ではなくなる。

けれどその理由は、簡単に言えば、幼いころからの癖のようなものだった。フリッツ以外の誰かは、テオがワガママを言ったり弱っていれば、テオを面倒に思うか、テオを憐れんで悲しみを覚えるかだった。

面倒に思われて嫌われたくない。

ことさらかわいそうに思わせて、相手を悩ませたくない。

自分を無視する人に対しても、愛してくれる人に対しても、素直に本音で接することが難しかったのは、そのせいだ。一方でフリッツは、テオにとって気楽な相手だった。

テオが弱っていても無視しないうえに、そのことで悩みを背負いこむこともない。

フリッツはテオが淋しがれば慰めてくれたし、抱きしめてくれたけれど、そのせいで痛みを感じ、不幸になるような人ではなかった。

フリッツの幸せは、テオによって左右されることなどないように見えた。

だから甘えられた——もっとも、今はそれが足かせのようになっている。恋心を抱き、フリッツの特別になりたいと思うほどに、テオは自分の存在が、フリッツの幸福に影響を及ぼさないことに悲しみを覚えているから。

（矛盾《むじゅん》だらけ……お父さんお母さんのことを心から愛していても、甘えられないのも僕の矛盾。でも、だからって心を許してないわけじゃない）

それをどう分かってもらおうかと焦っていると、養父母は眼を見合わせて笑った。

「分かってるとも、テオ。きみが心から私たちを大切に思ってくれていることは」

「ええ。なにも甘えたり、ワガママを言うことだけが愛情表現ではないわ。それに、もうあなたは大人なのだもの。こうして立派に育った以上、あなたの生き方として、自分を律することはもはや美徳なのだと思うの」

養母はテオに、変わらなくていいのだと伝えてくれている。そう感じる。

「ただ私たちが言いたかったのは、あなたにとってフリッツがとても貴重な人ってことよ」

「あ……」

テオはなにか言おうとして、もうなにも言えなかった。なにもかも分かってもらえていることに、感謝すべきなのか、恥じ入るべきなのかも分からない。

「とにかくそれで、お見合いの話なんか、フリッツにはもう持っていかないと決めたのよ」

なぜか自慢するように、養母は胸を張った。

（そういえば……ここ一年くらいは見合いの話は出てなかったっけ）

養父母があまりに普通なので、テオも少しずつ冷静さを取り戻し、そんなふうに思考する。

真剣に相手を考えたら？　くらいのことは養父母も言っていた気がするけれど、具体的な話は耳にしなかったことを、テオは思い出した。

「実はこの一年は、あなたの本心を見極《みきわ》めようとしてたの。もしかしたら勘違いかもしれないから。でもどれだけ疑っても、やっぱり同じ結論になったのよ。あなたがフリッツを愛してるって。だから……」

「テオももうすぐ卒業だろう？　今後、私たちに気兼ねしないでほしかったんだ。だから今日、話そうと決めたんだよ」

「……」

テオは言葉が出なかった。

フリッツへの恋心を責められないだけでも驚くべきことなのに、軽蔑もされず、むしろ受け入れられている。養父母は、テオが二人に対して申し訳なく感じていることを、取り払おうと話してくれたのだと分かる。

どこまでもテオを受け入れる。

それは二人からの、そんなメッセージに思えた。

喉の奥が熱くなる。止まっていたはずの涙が、またじわじわと目尻に浮かんだ。嬉しいはずなのに、あまりの衝撃に、喜びとして処理できない。ただ強い感情にさらされている。

「お父さん、お母さん……どうやって気持ちを表せばいいか、分からない……でも、ありがとうございます」

とにかくお礼を伝えなければと、必死に言葉を紡いだ。

(なぜこんなに優しくなれるの?)

なぜここまで寛容《かんよう》に、慈悲《じひ》深くなれるのだろうか。

テオには分からなかった。二人が、ちゃんと愛されて育った人たちだからだろうか。

同性同士の婚姻は、ヴァイクでは特に珍しくはない。偏見《へんけん》も少ない。それでもテオとフリッツはその関係性が特殊すぎるし、年の差も大きい。この気持ちを養父母に許されるとは、到底思っていなかった。

まさかこんなにも突然気持ちを知られて、そのうえそれを歓迎されるなんて――想像さえしたことがなくて、まだ上手く受けとめきれていない。

「ああ、泣かないで、可愛い子」

養母はぎゅっと抱きしめてくれた。フリッツに似た、甘やかな香りが、養母の胸元から香ってくる。優しい手つきで背を撫でられて、心が解けていくのを感じた。テオはこぼれた涙ごと養母の肩に顔を押しつけ、しばらくの間甘えていた。

「ねえ、それでね、テオ」

涙が少し落ち着いたころ、養母がそわそわした様子で訊いてきた。心なしかその頬は赤らみ、瞳には期待がきらめいて見える。

「そのね……提案なんだけど、フリッツに気持ちを伝えたらどうかしら？　フリッツもきっとあなたと同じ気持ちだと思うわ」

　養母の突拍子のない提案に、まだ残っていた涙が、完全に引っ込んでしまう。

（……お母さん、なにを言ってるの？）

　冗談だろうか。思わず養母を見つめたけれど、養母はうきうきした様子で、テオの答えを待っていた。

「……お母さん、さすがに……フリッツは、僕を弟としか見てませんよ。僕が気持ちを伝えたら、気まずくなるかと……」

「そう？　フリッツの性格なら、もし仮に断るにして気まずくならないようにするわよ。そもそも、最終的には受け入れると思うわ。頑固だから初めは認めないかもしれないけど」

　養母は自信満々にそんなことを言ってきた。

「それはたしかに、あなたみたいに若くて可愛い子を、四十路手前の息子になんて、本来なら考えものだわ。でも……あなたを見ていると、とても一過性の気持ちに思えないの。本当に愛しているのなら、相手がフリッツでも仕方ないと思えたの」

「……」

　気のせいか、養母はフリッツがテオに相応《ふさわ》しくない、という文脈で話している。テオにとっては逆なので、少し言葉に詰まった。

「フリッツは厄介な子だから、きっと一回は断るわ。たとえあなたを愛していてもね。あの子は融通《ゆうずう》がきかないから。だから負けずに何度も伝えてみるといいのよ、そのうち折れるはずよ、だってフリッツだって、あなたを愛してるに違いないもの」

まるで未来を見てきたかのように、養母は言い切る。フリッツがテオを受け入れないことなどありえない、と思っている様子だった。あまりの言い切りぶりに、テオはむしろ戸惑ってしまう。

「僕には……伝えても受け入れてもらえるようには思えないんですが……」

「あら、なぜ?」

「弟にしか思われていないだろうから……」

「昔はそうだったでしょうけど、今は違うわよ。そうじゃなきゃ説明がつかないくらい、あなたに他の男が寄りつくのを嫌ってるじゃないの」

養母は腕組みし、若干呆れたように言う。

「テオ、考えてみなさい。フリッツが、独占欲を見せるのはテオだけだぞ? 誰かにあんな態度をとるフリッツは、見たことがない」

そしてついには養父まで、テオのほうへ身を乗り出してきた。

「今日だって、テオを可愛がる兄たちを牽制してただろう。大人げなく、甥っ子たちにまで文句を言って」

「……それは、そうですけど」

一族で集まると毎回、フリッツは兄や甥たちに、テオをハグする時間が長いと文句を言う。義姉たちに言わないのは、一応義弟として相手を立てているからなのか、それとも単純に性別が女性だからなのかは分からない。

（でもあれは、愛玩扱いが気に入らないからじゃ？　フリッツは僕を愛玩物みたいにしないから……ウィリー兄さんたちのような態度を、差別的に捉えてる可能性もあるし）

フリッツはテオのことを可愛いと言うし、撫で回すし、「世界一美しい」と褒めることはあるけれど、愛玩物のように猫可愛がりはしない。

間違ったところがあれば指摘してくるし、テオの弱みをからかってきたりもする。ヴァイク一家の中でも、ケルドアの家族の中でも、テオをそんなふうに扱うのはフリッツだけだった。

「よく考えて、テオ。外でも似たようなことがあったはずよ。だって今、あなたの家にフリッツが泊まってるのはフォルケ家の次男が原因だって言うじゃない」

養母に言われて、テオはぎょっとした。

「知ってたんですか？」

「フリッツを問い詰めたのよ。どういうつもりか知りたかったの。そうしたら、アントニー・フォルケがあなたを困らせてるっていけしゃあしゃあと話すじゃないの」

テオは言葉に詰まった。フリッツがアントニーに圧力をかけるのは、やはり牽制に見えるし、「テオに悪いムシがつかないように」部屋に泊まっているのも事実だ。

ありえない、と何度も打ち消してきたけれど、養父母から見てもフリッツの行動は、度を超えているらしい。

「でも……過保護な兄なら、ああいう態度も普通かもしれないし……」

「フリッツの性格で？　考えてみなさいな、テオ。あなたも昔、フリッツがお付き合いしていた女性を何人かは知ってるでしょ。とんでもなく素っ気なかったの、覚えてない？」

――フリッツの付き合っていた女性。

養母に言われるまでもなく、テオは覚えていた。といってもフリッツに交際相手の影があったのはテオが寄宿舎に入るころまでで、その後は誰かと付き合っている様子がないので、かなり古い記憶になる。

養母が気を利かせて、フリッツの交際相手をホームパーティに呼ばなかったら、その存在を一生知らなかっただろうというくらい、フリッツに恋人の影は希薄だった。

当時、パーティに呼ばれた女性たちはみんな喜んでいたが、フリッツはさほど丁寧にエスコートしなかった。むしろ来られたことに腹を立てているようにさえ見えた。

一度など、パーティの途中で庭へ抜け出したフリッツとその恋人が、ケンカしているところまで見かけた。

——『母さんに呼ばれたからって勝手に来るなんて横暴だろ』
——『あなたがいつまでも家族に紹介してくれないからじゃない』
——『最初から伝えてたはずだ。俺は将来を見越した交際は望んでいないって』
　追加のデザートがきたから、二人を呼んできて、と養母に頼まれて庭に出たテオは、思わぬ修羅場《しゅらば》を見てしまって、焦りながらバラの生け垣に隠れた。
　やがて女性がフリッツの頬を平手打ちし、『帰るわ！』と怒鳴った。庭から駐車場のほうへ歩いて行く女性を、フリッツは一応追いかけたものの、そのあとすぐに別れたらしい。
　そんな事件があってから、養母はフリッツの交際相手を探ったり、パーティに呼ぶのはやめたようだった。
「フリッツは昔から、自分のやりたくないことは全然やらない子よ。あなたを気に掛けて、独占欲を見せるのだって、やりたいからやってるのよ。兄の過保護には到底見えないわ。あなたは明らかに、フリッツにとって特別な子よ」
「フリッツがテオを弟にしか見てないなら、もっと放っておくだろうねえ。兄弟の中では一番の個人主義者だ。究極のエコロジストでもある。興味のないことにはエネルギーを使わないところがね」
　養父も養母の言葉を肯定し、テオはなんと返せばいいか分からなくなった。
　二人から言われると、フリッツの自分に対する態度が、普通ではないような気がしてくる。

（……たしかに、フリッツの性格だったら『好きにしろ』って言いそうなとこなのに、アントニーに対してはそうじゃないものな……）

もしかすると養父母が言うように、フリッツも自分を憎からず思ってくれているのだろうか？

一瞬頭の中で仮説をたてかけて、テオは危ない、と思ってすぐにやめた。ほんのわずかにでも期待してしまうことが怖かったし、いやだった。どうせ打ちのめされるに決まっているのだから。

悶々《もんもん》と黙り込んでいるテオに、養父母は何度か「伝えてみたら」と声をかけてくる。よっぽどテオとフリッツを応援しているその態度に、ややあってテオも不思議になってきた。

「でももし、フリッツがダメだったら、ジャンやヒューゴーはどうかしら？　見てくれだけならフリッツに似てるわ。アリックスやレオンじゃ頼りない？　でも、若いからテオの好みに育てられるわよ」

突然養母が自分の孫たちを売り込んできた。テオは「ええっ？」と思わず大きな声を出してしまった。

「しっ、その話はまだしない予定だったろ、もしものときの保険だと言ったじゃないか」

養父が養母に耳打ちし、テオはなんだか気が抜けてしまった。罪悪感を覚える必要があるどころか――。

（お父さん、お母さん……もしかして本当に、僕がヴァイク家の誰かとくっついたら嬉しい、と思ってる……とか？）

テオが幼かったころ、養父母がしきりとテオを完全養子にしたがっていたことを覚えている。シモンが断固許さなかったのでそうはならなかったけれど、あのころ冗談まじりに、「テオがヴァイクの誰かと結婚しないかしら？」と養母が言っていたのは、本気だったのだろうか、と思い出す。

テオは色々あっても、シモンの弟でいたかったので、養子になることを望んだことはなかったが、養父母のその気持ちだけはあのころから嬉しかった。

さっきまで強張っていた気持ちが解け、テオは脱力した。

（お父さんとお母さんは、心から……許してくれてるんだ）

まだ気持ちの整理はつかないけれど、それだけは分かった。

喜びとも嬉しさともつかないなにかが、湯のように温かく、胸に広がる。養父母は小声で、「だけどフリッツは年かさじゃないの、私たちは嬉しいけどテオが勿体ないわよ」「それでもひとまずは、フリッツが相手で構わないと話し合ったろ」と、なにやら作戦のようなものを練っている。

それを見て、テオは思わず笑みを漏らした。

「お父さん、お母さん、全部聞こえてますって……」

テオが注意し、養父母が慌てる。それを見て笑いながら、テオは心のつかえが一つ、とれていることに気がついた。

四

パーティ会場に戻るころには、日差しに橙《だいだい》が混ざりはじめていた。

テラスから室内に入ると、ちょうど振り向いたフリッツと眼が合って、テオは気まずい気持ちになった。

ついさっき、養父母から「気持ちを伝えては」「フリッツもテオが好きだ」と言われたばかりだ。ありえないことだと思いながらも、つい意識してしまい、心臓がどきりと跳ねた。フリッツはそんなテオを見た途端、一瞬訝《いぶか》しげな表情を浮かべた。

「あの……これ、家に持ち帰るから水につけてくれる？　少し萎《しぼ》んでしまったかも」

昔からいる使用人が壁側に控えていたので、テオは声をかけてバラの花束に水を含ませてもらうことにした。どうしてか、今にもフリッツがこちらにやって来そうな雰囲気だったので、それを避けたかったのもある。

と、いつの間に近寄っていたのか、大公時代から養父母に仕えている執事が、「旦那様、奥様」と静かに声をかけてきて、二人になにごとかを囁いた。

庭から戻ってきたばかりの養母はソファに腰掛けていたが、執事の報告に「あら、なんてこと。すぐに呼んできて」と急かしている。

どうしたのだろうと思っていると、きれいな女性が一人、部屋に訪れる。どうやら急な客らしかった。

「水入らずのところ、ごめんなさい。近くに立ち寄ったのが五年ぶりだったので、挨拶だけでもと思って……」

女性はタランチュラ出身者だろう。背が高く、美しかった。ゆるくウェーブする黒髪に、どこか憂《うれ》いを秘めた青い瞳。目元にはほくろがある。年のころは五十代半ばに思える。テオは彼女を見たことがあるような気がしたが、はっきりとは分からなかった。

養父母は順番に女性とハグし、簡単に互いの近況を報告しあっている。

「まあ、それじゃまたすぐに発ってしまうのね」

「ええ、支援しているチャリティの拠点がこの近くだったんです。様子だけ見たら戻るつもりで」

「淋しいが、海外の水が合ってるならそれはそれでよいことだね」

養父母はどこか、しんみりした様子だ。

「実は立ち寄ったのには他にも理由があって。昨日の夜に、久しぶりに彼の夢を見たんです。……だからお二人に会うべきだと感じて」

どこか憂いを帯びた微笑を浮かべ、そう話した女性に、養母は目に涙をにじませると、彼女を抱きしめた。

女性は長居しては悪いと思ったのだろう、他の家族には軽く言葉をかけただけで、すぐに帰って行ってしまった。

養父母は玄関まで、彼女を見送ると言って一緒に部屋を出て行く。

（誰だっけ……前にもパーティかなにかで、お会いした気がするんだけど）

思い出せずに頭をひねっていると、ふと視界にフリッツが映った。フリッツは珍しく、思案に暮れるような顔で、たった今女性が出て行ったばかりの扉のほうを見つめていた。


「また来てね、フリッツは、あまりテオを困らせないように」などの言葉で送り出されて、テオはフリッツの車で一人暮らしの――現在は、フリッツが居候しているが――部屋に帰ることにした。

養父母は泊まっていけばと引き留めたけれど、フリッツが頑として「帰る」と言い張ったので、テオも一緒に戻ることにしたのだ。

「フリッツはどうしてあの城に泊まるのがいやなの？　昔から基本、好きじゃないよね」

帰りの車中でつい訊くと、「面倒くさいから」と身勝手な返事が返ってくる。

「父さんも母さんも、あれこれ構ってくるだろ。お前は平気なんだろうけど、俺はあれがどうにも苦手なんだ。勝手にするって言っても、何色の寝間着がいいかまで訊いてくる」

フリッツはうげえ、と品のないうめき声を出して、心底面倒くさそうにした。

「贅沢者《ぜいたく》。あんなにいいご両親なのに」

「善良なのは認める。でももう四十路になろうかって年だぞ。パジャマの色なんてどうでもよくないか？」

養父母がフリッツの寝間着を緑にするか青にするかで大騒ぎするところは、容易に想像ができる。テオに対しても同じだからだ。思わず笑ってしまうと、フリッツもふっと笑みをこぼした。

いつの間にか日が落ちていて、田舎の道は暗くなっている。とはいえ首都までは、そう遠いわけではない。

膝に置いたバラの花束からは清らかな匂いが香り、窓の外を眺めると、遠くに列車の灯《あか》りが見えた。

「……庭で、両親となに話してたんだ？」

ふと訊かれて、テオはぎくりとした。

まさか、フリッツを愛しているだなんだと、話していたとは言えない。言葉を探していると、不意にまなじりを指の背でそっとつつかれた。

「泣いてたろ」

「え……っ」

思わず目元に手を当てて、フリッツを振り返った。まさかそんなにも分かりやすく、目元を腫らしていただろうか。他の人たちにも、分かるほどに？

「み、みんな気づいてた？」

心配させていたらどうしようと不安になり、焦って訊くと、フリッツは「まさか」と否定した。

「俺だけが気づいてたよ。だからあのとき、すぐになにがあったんだって訊きたかったけど、来客があったからな」

「……そ、そう」

ホッとしたあとで、なんだか顔が熱くなり、心臓がドキドキと鳴った。テオは急いで窓へと顔を向け、フリッツから視線を逸らした。

――フリッツもきっとあなたと同じ気持ちだと思うわ。

養母の言葉が蘇り、テオは困った。それもこれも、誰も気づかないテオの些細《ささい》な変化を、フリッツだけは気づいていると言われたから……。

普段は抑えつけている期待が、頭をもたげてしまう。

（そんなんじゃないってば。フリッツは医者だから……観察眼とか優れてるだけだろうし）

必死になって、「フリッツもテオを好き」という可能性を否定する。そうでもしないと、どこまでも暴走してしまいそうだ。

（ただでさえ、お父さんお母さんっていう最大のブレーキがはずれちゃったのに……）

今までテオにとって、フリッツを愛することにおける一番の障害は養父母の存在だった。ところがいともあっさりと、二人から想いを許され、あまつさえ応援までされた。

二人の存在は既に障害ではない。となると、フリッツに気持ちを悟られないようにするためのブレーキは、もはやテオの理性一つにかかっている。それはあまりにも危うい――。

窓にうっすらと映る自分の顔を見ているうちに、テオの中の冷静な部分が、「あらゆる偏見を取り払ったら、フリッツの行動や言動は、好意がないと成り立たない」とすら囁いてくる。

テオは理系の学生なのだ。物事をロジカルに考える側面がある。

フリッツの様々な行動、言動、態度を、単なる過保護でくるのは非合理的に思えた。今まではそれでも、養父母への罪悪感からそんな考察をすることさえ恐ろしかった。けれどその心配がなくなった今――。

（好きでもない相手に、交際相手候補が現れたからって……牽制する？）

たとえば自分は、甥っ子の空が二十歳になって、誰かに言い寄られているのを見たら、阻止《そし》しようと動くだろうか？

（相手がよっぽどおかしな人間だったら邪魔をするかも。でも、ソラみたいに賢い子なら、信じて任せるだろうし……なにより、アントニーはおかしな人間じゃない）

　百歩譲ってフリッツの行動が保護者としてのものだとしても、あの行動原理は、テオに対してしか働いていない。

（もし本当に、僕が気持ちを伝えたら……どうなるんだろう？）

　小さな好奇心が芽生える。心臓がどくんと音をたて、無理だ、という気持ちと、一度だけでも伝えてみたいという気持ちが、ぐるぐると胸の内を巡った。

「……結局、庭での会話は俺には言えないのか？」

　考えこんでいるうちに、放置されていたフリッツは拗《す》ねたらしい。若干低めの声で問われて、ハッと我に返る。

「……お父さんとお母さんの会話にまで、文句つけないよね？　他の人たちを牽制する時みたいに……」

　思わず振り返って言ってしまった。言ったあとで、「牽制」という言葉を使ったことを後悔した。察しのいいフリッツは、テオがなにをもってそんな言葉を使ったか、すぐに理解するはずだ――。

（これじゃまるで、フリッツが僕を好きだとうぬぼれているみたいだ！）

　内心慌てたけれど、フリッツの返答はさっぱりとしていた。

「失礼なやつだな、俺はお前をあらゆる毒牙《どくが》から守ってやってるだけだろ」

「ジャンやヒューゴーたちにまですることないじゃないか。みんなフリッツの可愛い甥っ子だよ」

「可愛い？　あの図体のデカいやつらが？　冗談はよせ、俺にとって可愛いのはお前だけだ」

――俺にとって可愛いのはお前だけ。

言われた言葉が、心臓を直撃し、頬に熱がのぼってくる。

（なんですぐ、そういうこと言うんだろ……）

フリッツは、いつもテオのことを可愛いと言う。理由は分かっている。幼いころヴァイクに引き取られたテオは、自尊心がすり切れるほど傷つけられた状態だった。

だからフリッツは、大げさなくらいテオのことを褒めてくれた。言葉を尽くし、ただ存在しているだけで、無条件に愛されていいのだと伝えてくれた。だから可愛いという言葉は、当時からの名残というだけ。分かっていても、意識してしまうのは仕方がない。

（だってフリッツに可愛いと思われてるのは、他の誰に思われるのとも違う。嬉しいのは隠せない……！）

自分の恋心の単純さに、テオは内心で失意すら覚える。飛び級して大学を卒業するほど勉強をしても、心の柔らかなところはいつまで経っても冷静になれない。

「……一年の半分だけ守られてもな、あんまりありがたくない」

　フリッツの言葉に一喜一憂している自分を、知られたくなかったから、テオは顔を背けて混ぜっ返した。

「それなら、お前もケルドアとヴァイクを行き来する仕事にしたらどうだ？　あっちの家族にも会いやすくなるし。どうせなら、俺の助手にしてやるよ。研究も続けられるし、俺は四六時中お前を守ってやれる」

　また、すごいことを言われた。テオの心臓は、うるさいほどに鳴っている。ときめきに溺《おぼ》れてしまいたくなる。

　──助手にしてくれるの？　ずっと一緒にいて、ずっと僕を見てくれるの？

　恋にふやけた頭は、そんなうわごとを繰り返す。

（フリッツのやつ。人の気も知らないで、いつもこうやって特別扱いして……）

　助手になれ、だなんて、気軽に言うべきじゃない。

　本音では冗談でも嬉しいし、正直に言えば「なる！」と飛びついて、フリッツの行く先すべてについて行きたい。そうすれば生活の中に、常にフリッツがいてくれることになるから。

　──同じ家に帰り、一緒に暮らして、なにげない日常をともにすること。

　テオにとって、それはなによりも贅沢な幸福だった。

「……フリッツの研究って大学からちょっとしか予算もらってないでしょ……。助手を雇う余裕なんてないくせに」

テオは必死になって、突っぱねた。可愛くない弟分と思ってもらわないと、困る。

フリッツの研究はテオと同じく性モザイクに関する分野だが、さほど金になる研究ではないので、私財を投じて黙々と続けている。たまに論文が科学誌に載るので名は知られているものの、大学はフリッツの研究に興味を示していないため、客員教授の席と、微々《びび》たる給与を支払うだけで、あとは放置という状態だ。

(まあ……フリッツはもともとお金持ちだからそれでもいいんだろうけど……)

テオが医学ではなく、生化学に進んだのは、フリッツとは違う視点から、性モザイクである葵《あおい》の役に立てたらと思ったのもある。

「助手になれなんて言うのは、どうせ僕がこき使いやすいからでしょ?」

テオはわざとひねくれて見せた。振り返ってじろりとフリッツを見ると、フリッツはニヤニヤとテオを流し見ていた。

片手でハンドリングしながら、赤い瞳を緩めてこちらを見やるフリッツは、悔しいけれどとんでもなくかっこよかった。テオにはフリッツがきらめいて見える。胸はドキドキと鳴ったままで、自分をバカだと思いながらも、ときめいてしまっている。

(お父さんお母さんにちょっと、許されたからって浮き足立つなんて……浅はかだ……)

単純思考の自分も、フリッツの姿や言葉一つに踊らされる自分も、ちょっとしたことですぐに期待をする自分も、いやになる。他のことなら大体冷静に、落ち着いて、距離をとって考えられるのに、フリッツのことになるとすぐに視野が狭くなる自分がはがゆかった。

「……そういえば」

テオは気持ちを変えようと、話を切り出した。

「パーティの終わりがけにいらっしゃったお客様……見覚えがあるんだけど思い出せなくて。どなたか、フリッツは知ってる？」

「ああ……」

テオにとってはなにげない質問だったけれど、フリッツは急に真顔になった。

そのことに違和感を覚えて、テオは眼を瞬《またた》いた。フリッツの真顔は珍しい。大抵笑っているか、そうでなければ軽く不機嫌かで、喜怒哀楽がわりとはっきりとしている。だからか、真顔になったフリッツが、どういう感情の状態なのか、テオには分からなかった。

（あのお客様とフリッツの間に……なにかあるの？）

妙に胸がざわめいた。

「……あれは、父さんの、二番目の弟の……ようは、先代大公の三男坊のパートナー」

「……あ」

言われて、テオもようやく思い出した。養父の、年の離れた弟。先代の三男は、テオがヴァイク家に引き取られるより前に亡くなっていたから、直接会ったことはない。

（じゃあ、あの方は、伴侶と死別されたのか……）

物憂《ものう》げな瞳や、養母の涙、彼らの会話を思い出して、合点がいく。同時に、胸が痛んだ。

（夢に出てきたって話してたのは……亡くなったフリッツの叔父様のことだったんだ）

けれどフリッツにそこまで訊ねるのは、本当の親族ではないテオにははばかられるから、別の返事をした。

「それじゃ、僕があの方をお見かけしたのは、かなり前だったのかな……七歳とか。たぶん、親族のパーティとかでお会いしてたんだろうね」

「そうだろうな、叔父が亡くなってしばらくして、彼女は外国に移り住んだんだ。だからうちの集まりなんかにも、ほとんど参加していない。……叔父夫婦は大恋愛で結ばれたって聞いたことがある。結婚当初は、幼妻って言われてて、年の差もかなりあったらしい」

「そうだったんだ……。フリッツの叔父様、お会いしたことないけど……素敵な方だったんだろうね」

ヴァイク大公家の親族は、みな一様に優しく大らかなので、亡くなったというフリッツの叔父も似たような人だったのだろうと想像する。

「まあ……叔父は死ぬのが早かったからな。四十代で呆気《あっけ》なく逝ったから」

「ご病気だったの？」

そっと訊くと、フリッツはフロントガラスに眼を向けたまま、しばらくの間黙った。フリッツの横顔には感情がなく、なにを思っているのかまったく計り知れない。テオはなんとなくいやな予感がして、息をつめた。

「……いや。突然死。不審死、とも言うのかな。原因は……不明」

「え……」

（突然死……不審死？　どういった状況で、そんなことに……？）

死因が不明だなんて。

もちろんこの世にそんな例があることは知っているが、自分の身近な人のそばで起きていたとは考えたことがなかった。

フリッツはそれ以上なにも話さない。甥のフリッツが話したい様子もないのに、死因について深掘りするのは躊躇《ためら》われて、テオは疑問をおさめることにした。

「……ヴァイクと」

そのとき、フリッツが呟くように言葉を継ぎ足した。

「ヴァイクとケルドアは似た国だと言われるだろ。たしかにどちらも大公国で、気候も似ていて、国民の多くがタランチュラ出身者の小国。似ていることは似ている。……だけど決定的に違う点が一つあって、それによって国民の気質や国風はむしろ真逆とも言える。……テオはなんだと思う？　その、決定的に違う点」

（……ヴァイクとケルドアの違い？　なんで今そんな話に？　叔父様の死と関係あるわけでもないだろうに）

急な話題転換に思えて、テオは数秒戸惑った。

けれど単なる雑談かもしれない。普通に接したほうがいいだろうと考えて、思いついた答えを言う。

「違う点は……大公の起源種だよね」

もはやそれしかない。

大公家に生まれたテオには、身に染みるほどに分かっている違い。

ケルドアでは、グーティ・サファイア・オーナメンタル・タランチュラ出身者でなければ、直系大公として認められない。そのことが、ケルドアという国と国民を閉鎖的に、一方でより強固にした。

一方ヴァイクは、長い歴史の中で大公の起源種が様々に移り変わっている。

フリッツは小さく笑い、「正解」と頷いた。

「さすが優秀だな、テオは。まあここ百年ちょっとは、レッドスレートが直系に続いてるが、ヴァイクの大公家は代々タランチュラってだけで、詳細な起源種までは限定されていない」

でも初代大公はそうじゃなかったんだぞ、と続けられて、テオは眼を見張った。

「……そんなの、歴史の授業では習ったことないよ」

「べつに知るほどの情報じゃないからな。でもヴァイク大公家の始まりは、インディアンオーナメンタル・タランチュラだったんだ」

（インディアンオーナメンタル・タランチュラ……？）

樹上性タランチュラの、代表格ともいえる巨大種の名前だった。

レッドスレートよりもよほど大きく、絶滅危惧種のはず。タランチュラ出身者ばかりのヴァイクで暮らしていても、テオは一度としてインディアンオーナメンタルを起源にした人には会ったことがないので、正直言えばよく知らない種でもある。

テオが起源とするレディバードスパイダーも絶滅危惧種なので、テオの起源種を聞いた人は大抵が驚く。そして、よく知らないけど、どんな蜘蛛なの？　と訊かれる。そんなレディバードスパイダーよりも、インディアンオーナメンタルはさらに珍しい起源種だろう。

「……それじゃ、直系大公の起源種は、しばらくインディアンオーナメンタル・タランチュラが続いてたの？」

まあ、そうだな、とフリッツは頷いた。

「うちに残ってる公式の記録によるとだが。でも百年もせずに他の種に取って代わられた。要するに、見てくれや能力とはべつに、種としては強くなかったんだ。……欠陥《けっかん》があったってことだよ」

「……」

フリッツの口調は淡々としている。ただ、テオは会話の流れから、フリッツが突然過去の大公家の起源種について話すのが、不自然に思えた。

（叔父様の亡くなられた話から、どうして起源種のことを？　……それも、ずっと昔の大公家の……）

フリッツが、大公家の起源種の話などしてきたことは、一度もなかった。

そもそもフリッツは血統主義ではなく、自分の生まれや立場など度外視している性格だ。紛れもなく元大公家の公子なのに、自分の血筋や源流を気にしている素振りを見せたことすらない。どうでもいいか、興味もないか、とにかく家門へのこだわりは皆無に等しい自由な男。

テオはフリッツのことを、そう理解していた。

幼いころ、ヴァイク家の歴史についてふと訊ねたときでさえ、「たいした歴史じゃない。どうしても知りたいなら図書室に行けば分かる」と袖《そで》にされたくらいだ。

（大公家の起源なんて……普段のフリッツなら絶対口にしない）

なぜ急にそんな話をしたのか、理由を訊いてみたかったが、そうする前にフリッツがまた話題を変えた。

「そういやお前、義姉さんたちから招待されたら、俺も連れてけよ。衣装や写真がどうだのと、こそこそ話し合ってただろ」

「き、聞いてたの？」

テオはぎょっとした。フリッツの地獄耳を疎ましくも感じた。義姉たちから招待を受けたら、こっそり行くつもりだったのに、早速阻《はば》まれそうで少し焦る。テオだって用意された衣装を着たいわけでも、写真を撮られたいわけでもないけれど、義姉たちとの関係は大事にしていた。

「お義姉さんたちから、フリッツは連れてくるなって言われてるから、ダメ」

「そんなやましいところに、一人でのこのこ行くつもりか？　呆れた」

「お義姉さんたちだよ？　やましいなんて失礼なこと言わないで！」

テオは小言を受けて不平を漏らしながらも、頭の片隅にはまだ引っかかりを覚えていた。

――インディアンオーナメンタル・タランチュラ。

別名、ポエキロテリア・レガリス。レガリスは王を指すラテン語で、「タランチュラの王」と呼ばれた種だ。

体色は白と黒茶で構成され、古代文様のような不思議な模様が全身に描かれている。一見地味な蜘蛛だけれど、脚裏には警告色である金色が毒々しく入っている。

（……そんなタランチュラと、フリッツになにか関係が……？）

観察するように、フリッツを盗み見る。

「まあどうでもいいさ、俺は勝手についていくからな」

義姉たちとの集いに押しかけるとのたまいながら笑うフリッツの瞳は、感情豊かにきらめいていて、ついさっきまでの無表情とはまるで違う。

夜の薄暗がりの中、車中の電子機器の光を反射し、赤い瞳はルビーのようだ。その奥にちらつく、熾火《おきび》のような金色を、テオは密やかに見つめていた。


（なにもかもが半端に止まってる……進路もいまだ決まらないし）

週末のホームパーティから帰ってきて三日が経ったその日の午後、テオは所属する研究室で、教授の手伝いをしていた。

学生のレポートの、下読みのアルバイトだ。文法ミスやスペルチェック、気になる引用の出典の照会、全体の良い点悪い点を書き込み、テオから見た仮評価をつけて、教授が読む時間を短縮させる。

「なんてことだ、明日には評価をつけて返さないといけないのに、まだ半分も読み終わらないぞ」

教養課程でプログラムをとる生徒は多いのに、いつもぎりぎりまでレポートを読まない教授――ザルブ・メーレンは顔を青くしていた。

ぼさぼさの白髪に、丸眼鏡。もそもそと生えた口ひげ。

メーレンはヴァイク人ではなく、他国からこの大学へ来ており、この国では珍しくタランチュラ出身者ではない。とはいえハイクラスで、グラントシロカブトが起源種だと聞いたことがある。

美麗種出身なこともあり、素顔は美形なのだろうが、風体《ふうてい》を気にしていないのであまり分からない。体は大きいけれど、身だしなみを整えないせいで、気の良い熊のように見える。年は六十代だというが、手入れされていない白髪のせいでもっと年上に見える。

とはいえ、ちょっとだらしないところを除けば、教師として悪いところはなく、善良なうえに、テオのことを珍しいロウクラスだと変に可愛がってくることもないため――メーレンの故郷では、ロウクラスが珍しくなかったせいだろう――テオとしては、この研究室に入ってよかったと思っている。

「今からでも、要旨《ようし》を簡単にまとめましょうか？　せめて前文は読まなくてもすむように」

「ああ、お願いしようかな。うう……頭がズキズキするよ、前文が長いレポートは大抵出来がよくないのに、飛ばすこともできないから……」

テオは提出されたレポートのファイルに、タブレットごしに注意書きを入れていく。こうした細かな作業を、テオは割合気に入っている。性分に合っている、とも言える。

教授の研究室には十人ほどが所属しているが、飛び級して卒業を早めたテオは、チーム研究の主力ではなかった。

マスタープログラムの申し込み時期には、まだ卒業できるかどうか分からず、申し込みそのものを見送ったため、現在のテオは暇を持て余している。特に肩書きもなく、進路の目当てもなく、残り二ヶ月でここを去るので、チーム研究の中心に入るわけにはいかない。自分の研究も、続けようと思えば続けられるが、必死になって今やるほどのものではない。たまに、これまでの研究過程で偶然得たデータを解析したりするくらいだ。

言葉を選ばずに言えば、テオは宙ぶらりんの立場でこの研究室に身を置いていた。いれば手伝いくらいはできるが、言葉を変えれば必要な人間というわけではない。

「テオが卒業したら、下読みをしてくれる人がいなくなるね。前も言ったけど、この研究室に残ってもいいいんだよ？　薄給でよければアシスタントとして雇うから、来年度のマスタープログラムに申し込むのはどうかな？」

レポートを読むのに飽きたらしいメーレンが、ふとそんなことを言ってくる。テオは苦笑して、「うーん、そうですね……」と呟いた。

（それも悪くないのかな……ドクターまで進みたいって話しても、誰も反対はしないだろうし……）

けれどテオの中に、そこまでして勉強をしたい、研究を続けたいという熱意があるかというと、自分でも微妙だった。

論文をまとめて、科学誌に載り、卒業が決まった途端、テオはこれ以上研究をする意味があるのか、よく分からなくなってしまったのだ。

（アオイの役に立ちたくて始めたことだけど……今はもう、性モザイクにもいい薬がたくさんあるしな）

「ドクターになるのは、あまり気乗りしないのかな？」

メーレンに訊かれて、テオは数秒考えた。それから、正直な気持ちを伝えた。

「スミヤ・ナグモ博士が製薬会社と一緒に開発して、数ヶ月前に発売した薬があるでしょう？　義兄はそれを服用しているんですが、すごく元気になったんですよ」

テオが言うと、メーレンは「それは良かったじゃないか」と笑顔になった。

スミヤ・ナグモは性モザイク研究の第一人者だ。フリッツも共同研究者として、何度もチームを組んでいる。乗り気ではない製薬会社に頭を下げて、性モザイクの症状緩和と根治《こんち》を目的にした薬を開発してきた話は、この分野に興味のない研究者ですら知っているニュースだった。これらの研究努力によって、性モザイク以外の希少《きしょう》な病状の患者にも、未来があるのではと希望が生まれた。

「たしかうちの大学の、フリッツ・ヴァイク教授も共同研究者だったね」

「はい。長年の研究パートナーです。二人は財団を起ち上げて、寄付金を集めるのにも成功していて……おかげで薬は安価なんです。貧しい性モザイクの方でも、手に入れられるように尽力したようで」

財団には当然のように、兄のシモンも援助している。善良なヴァイクの元大公家――ようするに、養父母だが――も、当たり前のように大々的に寄付をしている。

ケルドアとヴァイクの貴族たちは、それぞれの元大公家の手前、勇んで寄付をしたし、ヨーロッパの社交界も当然味方になった。ナグモ博士はアジア圏の上流社会に影響力があり、そちらを味方に引き込むことにも成功したそうだ。

おかげで、儲《もう》けの少ない「性モザイクの薬」は良質ながら安価に供給されるようになった。葵はこの薬のおかげで、「いつ死んでしまうか分からない人」から「やや病弱で疲れやすいけれど、無理をしなければ大丈夫な人」になった。

「……僕の個人研究は、性モザイクの方の生体構造を知ることが目的で……でも、症状が緩和された今、これ以上僕がやる必要はないかもしれないとも考えていて」

性モザイクで生まれてきた人たちは、特殊な染色体構造を持っている。それも起源種によって、少しずつバラつきがあるのだ。染色体の再現自体は既に成功例のある研究だが、テオのように性モザイクの染色体に特化した研究はなかった。

よかったことは、この技術によってナグモ博士やフリッツが研究している性モザイクの治療がさらに飛躍《ひやく》的に進むだろう、ということだった。将来的には、症状緩和だけではなく、根治治療のめどが立つかもしれない。けれどそれは、テオの分野ではない。

「そんなことはないだろう、テオ。どんな研究でも価値はある。実際きみの研究は成果を出した。きみの論文によって、性モザイクにかかわらず、様々な生体構造へのアプローチが変わってくるはずだ。それに、この世に存在している性モザイクの染色体構造のすべてを再現したわけじゃない。まだやれることはあるだろう？」

メーレンは力強く言ってくれたが、テオは小さく笑うだけにした。たしかにそうかもしれない。ムシの染色体構造は種によって違うので、ムシを起源種にした性モザイクの人々も、一律同じ染色体とは言えない。テオが再構成したのは、代表的な数種の構造にすぎないので、すべてを網羅《もうら》しようと思うと一生分の仕事になる。

だが、それはテオがやらなくても、必要なら他の人にもできる仕事だった。

（アオイが元気なら、もういいかな……って思っちゃったんだよね。そう考えると僕って、心から研究が好きだったわけじゃないんだな）

それが分かってしまったので、マスタープログラムに申し込んではどうか、というメーレンの案には尻込みしている。

「そういえば、アントニーが君に研究室を紹介したって言ってたけど、そっちはどうなんだい？」

「はい、染色体制御の研究室です。オセアニアの大学なので、ヴァイクからは出ることになるんですが……」

二日前、アントニーは約束通り詳細を書いたメールをくれた。もし興味があるなら、直接所長に訊いてみて、と研究所の所長の連絡先まで添えて。

アントニーとは、「フリッツを特別に思っているのか」と訊かれたあと、答えないまま別れていたので少し気まずかったのだが、向こうはあれから特に変わった様子もなく接してくれている。有耶無耶《うやむや》になった話題を蒸し返さないでいてくれて、テオとしては助かっていた。

もらった条件や待遇などを見ると、紹介してもらった研究所の雇用内容は、一年契約とはいえ悪いものではなかった。それなりに働けば、契約更新もできる。個人研究には予算が出ないが、研究所の設備は使っていいらしい。給料も高くはないものの、大学を卒業しただけの契約アシスタントがもらう額としては悪くなかったし、住宅の手配もしてくれるという。マスタープログラムを同大学で受けるなら、そこにも配慮してもらえるらしい。それに、オーストラリアの美しい自然の中で暮らしてみるのは、気分転換にもなりそうだった。

なにもかも悪くない。けれど、働きたい、というほどでもなくて、テオはまだ研究所の所長にコンタクトをとっていなかった。

テオは必ずしも働かなければならない、という身分ではない。ケルドア元大公家には私財があり、それらはテオにもきちんと分配されているので、一生遊んでも暮らせるくらいには資産がある。研究成果物も、基本的には無償提供をする予定だが、場合によっては実施料をとることもできる。

とはいえ、これまで遊びとも怠けとも無縁で、ひたすら勉強だけしてきたテオには、働かないでいる、という選択は難しかった。

――なにをして生きていけばいいんだろう。

そう考えたときに、テオは果てのない草原に一人で放り出されたような心地になる。目指すものがない。どこに行けばいいのかあてもない。

限りなく自由だけれど、孤独だった。

「……まあ、君にしろアントニーにしろ、卒業してすぐに働かなくても、一年くらいのギャップイヤーがあってもいいと思うけどねえ」

メーレンがのんびりと言う。

「とはいえ研究職は雇用口があるときがチャンスだからね」

「はい……。そうですよね」

この先どうするかが決まらないので、曖昧《あいまい》に答えると、メーレンはしばらくの間テオを見つめた。それからぽそりと、囁くように言う。

「なんだか、気の抜けたサイダーみたいだね、テオ。……大学に入ってきたころも、つい最近までも、君はいつもがむしゃらに突き進んでいたのに」

自分の腑抜《ふぬ》けのような状態を言い当てられて、テオはドキリとした。手を止めて、メーレンを見る。穏やかな教授は、顎に指をあてて、「ふむふむ」と頷いていた。

「なるほど、もしかしたら燃え尽き症候群かな。普通の人より早く卒業を決めちゃったしね。テオは今、人生を見直す時期なのかもしれないよ」

「……人生を見直す時期、ですか？」

メーレンはそうだとも、と深く頷いて続けた。

「大切なことだよ。人によっては、好きな研究さえできていれば幸せという人間もいるが、君はそうじゃなかったということだろう」

「……」

研究が人生のすべてか、と問われると、テオはそういうタイプではない。葵が元気になってくれたのなら、もうやめてもいいと思っているのだから。

「進路に迷っているのなら、自分の幸せの基盤について、じっくり考えてから決めたほうがいいかもしれないね」

「幸せの基盤……」

「そうだよ、たとえば私は、仕事終わりにゆっくりとワインを飲んで、チーズをつまみながら最新論文を読む。これがないと幸せとは言えない」

メーレンはやや冗談めかして言ったけれど、テオには彼がなにを言いたいのか、よく分かる気がした。

人生は、ただ一つのことでは成り立っていない。仕事、プライベート、家族。どこに重きを置くかは人それぞれ違うが、自分の幸せに本当に必要なものがなにかは、どれだけ誤魔化しても心に嘘をつくことはできない。

「とりあえずこれさえあれば幸せでいられるっていう、本音の部分は大切にしたほうがいい。年月が経つうちに変わることもあるけれど、まずはそこを整えてから、仕事も選んだほうが後悔がないからね」

メーレンは担当教授として、テオのプロフィールはもちろん知っている。ケルドアの元公子で、ヴァイクの元大公家で育ったという特殊な生い立ちだ。それでもメーレンは、そんなテオの立場は度外視して、一般学生に対するのと同じように自分の人生観を語ってくれているのだろう。

本音を言えば、テオには耳の痛い話だった。同時に、図星でもあった。

（これさえあれば幸せって思えるもの……僕にとってそれは）

誰かと愛し合えること。

誰かの一番になること。そしてその相手を、テオも愛せること。

そうして結局のところ――。

愛し合う人と、「家庭」を築くことだ。

普通の人が思う家庭とは、結婚し、子どもが生まれてきて営むものなのかもしれないが、幼いころから一度も普通といえる家で育ったことのないテオにとっては違う。

愛情で結ばれた二人が、同じ家に帰り、一緒に食事をし、他愛ない会話をしたりして日々を過ごす。

自分を一番に愛してくれる人とごく平和な日常を共有すること。

それがテオにとっての「家庭」だった。

安心して自分が帰れる家、愛する人が待っていてくれる家が、ただテオはほしい。そこで、穏やかで普通の日々を暮らしたい。

(なんてちっぽけなんだろ……)

自分が心から望むものは、偉大な研究成果でも、名誉でも名声でもない。

大多数の人は生まれたときからあっさりと手に入れている、ただ平和な、愛する人との日常生活。その人と、生涯一緒に生きていこうという約束、それがほしくてたまらないのだ。

これほどささやかなものが手に入らないことに、長年苦しんでいる自分について、テオは滑稽《こっけい》に感じている。ときには、恥ずかしくさえあるのだ。

恵まれた環境にいながら、大志を抱くこともなく、ただ「家庭」を持ちたい……相手はフリッツがいい……と思っているだけの自分が、いかにも志が低く、ちっぽけな存在に感じたりする。そう分かってはいても、ほしいものはほしい。

（ごく普通の、パートナーとの日常がほしい。それさえあったら、仕事なんてなんでもいい——）


それがたぶん、テオにとっての幸せの基盤だから。

テオを愛してくれて、テオも愛している人たちはこの世界にたくさんいる。ケルドアの家族もそうだし、ヴァイクの家族もそう。目の前に座るメーレンだって、テオを尊重してくれるし、テオも彼を信頼している。

それでもこれだけの愛では、幸せになれない。

（誰かの特別になりたい。一番になりたい。……その誰かは、できればフリッツがいい）

テオがいなかったら幸せになれない。そんな人がほしい。

フリッツに、そこまで自分を求めてもらいたい。テオがいなければ生きていけない。そう思ってほしい……。

これは、残酷な考えなのだろうか？

（シモン兄さまにはアオイがいなきゃダメだ。アオイにも、シモン兄さまがいないと、二人は少し不幸になる。……その関係を、羨ましいって思うのは、身勝手かもしれなくても）

一生涯、誰か一人に求められて、自分も求めたい。この考えはたぶん苛烈《かれつ》で、この苛烈さは母譲りのものだろう。

まるで暴力のような愛。他の人を愛そうと考えても、結局はフリッツのことしか考えられないのだって、よく言えば一途なのだろうが、悪く言えば重たくて激しいと言える。

（僕の愛だって、お母様と同じように……身勝手なものなのかもしれない）

それをフリッツに見せるのは躊躇われる。けれど叶わなければ、自分には一生幸せの基盤がないままなのではないだろうか。そう考えると、暗澹《あんたん》たる気持ちに襲われる。

（フリッツ以外を愛せる日が……僕に来る？）

到底想像できなくて、テオはため息をつく。例えばもしも、アントニーを愛せたら……彼がテオを愛しているのだと仮定して。

（僕はフリッツ以外とでも、一緒に暮らして、幸せになれるのかな？）

そう思ってすぐに、テオはその「もしも」を否定した。

他の誰かといても、きっとずっと心の中に、フリッツへの愛が燻って、眼の前の相手を見られなくなる気がした。

（国際的な科学誌に論文が載ったって、自分の恋愛はままならないなんて）

そのうえ、そのままならない恋愛のために、進路一つ決められないだなんて、あまりにも情けないと思う。

（こんなことなら、やっぱりフリッツに気持ちを伝えてみる？　悶々と抱え続けるよりは、玉砕《ぎょくさい》したほうがよっぽど楽になれるかも）

少なくともこっぴどく失恋したなら、次の恋愛ができる可能性が広がるだろう。

（もし叶わなかったら、オーストラリアに逃げることだってできるし……）

仕事に誘ってくれる研究所には申し訳ない気持ちだが、ついそんなことまで思いつめる。

養父母の了解は得ているのだから、フリッツに恋情を打ち明けるには、テオの気持ち一つでどうにかなる。

その日のテオは学生のレポートを読みながら、フリッツに気持ちを言う、言わない、を頭の中で繰り返していた。

メーレンが言う「幸せの基盤」を考えると、テオはだんだんと、フリッツに気持ちを打ち明けなければなにも始まらないのでは、と思うようになった。

自分の幸せはフリッツと愛し合い、ともに生きていくこと。

それが分かっている以上、叶わない想いでも、はっきりと決別しない限り次へ眼を向けるのは難しい。

心の片隅には、養父母に後押しされたことで、ほんのわずかな期待もある。

本当に奇跡が起きたなら、フリッツがテオを受け入れてくれる可能性があるかもしれない。

（いや、それはないか。でも、こんなもやもやした気持ちのままじゃ前に進めないのもたしかだし）

だからこそ、養父母が伝えていいと言ってくれている今なら、想いを告白するほうがすっきりと進路を決められるかもしれないという気持ちは、日に日に強まってしまう。

（もしフリッツに言えるなら……メリットは気持ちの決着がつくこと。デメリットは、気軽に会える今の関係が変わってしまうこと……）

自宅に帰ったテオは、風呂上がり、ベッドの上でノートパソコンを起動させながら、もやもやと考えこんでいた。フリッツは入浴中で、テオはちょうど一人だ。

（言わないメリットは、今までどおり過ごせること。デメリットは……僕がずっと苦しくて、進路も決められないことと、もしもフリッツが将来をともにする相手を見つけたときに、すごく後悔するだろうってこと）

知らず知らず、深いため息が漏れる。

（フリッツが本気で誰かを好きになっちゃったら……やだな。祝福できる自信がない）

想像するだけでも悲しくなる。相手はきっと、自分とは違ってハイクラス出身の、才能溢《あふ》れる美女だろう、と考えると余計に落ち込んだ。

テオはこれまでにフリッツが付き合っていた女性を数人、軽く知っているけれど、みんな似たようなタイプだった。すらりと背が高く、大人っぽい美人。それがフリッツの好みならば、テオは完全に範疇外だった。

（小柄で童顔は好きじゃない？　……これ以上背は伸びないし、顔だって生まれつきだもんね）

ため息が出てしまう。自分がフリッツのタイプだったら、色仕掛けが通用したのかな、などとバカげたことを想像する。

「どうした？　パソコンの前でうなだれて」

そのとき不意に声をかけられて、テオはびくりと体を揺らした。いつの間にか風呂からあがってきたフリッツが、寝室の入り口に立っていた。

「な、なんでもないよ」

やましいことを考えていたから、少しだけ声が上ずった。

フリッツは着ているガウンの前をはだけさせており、逞しく均整の取れた上半身を惜しげもなく覗かせている。濡れた髪からしずくがしたたり、長い睫毛《まつげ》の下の赤金の瞳が艶っぽくきらめいていて、テオはカッと体が熱くなるのを感じた。

単純すぎていやになるけれど、フリッツのその扇情《せんじよう》的な姿を見ただけで胸がときめく。かっこいいな、と見とれてしまう。

フリッツはこちらの様子がおかしいと気づいたらしく、眼をすがめると大股に近づいてきた。たった三歩で距離を詰められ、ぼうっと固まっているうちに、ノートパソコンを取り上げられてしまった。画面を見た途端、フリッツが顔をしかめた。

「なんだこれは。ふざけてんのか？」

突然、一気に不機嫌になられて、テオは困惑した。

「え、なにが？　ちょっと、返してよ。今から使うところだったのに」

我に返ったテオは、ベッドの上に膝立ちになってフリッツの手からパソコンを奪い返した。眼に入っていなかったが、画面に映っているのは、アントニーから二日前にもらったメールだと気がつく。

そこにはオーストラリアの研究所の詳細の他に、『君と同じ国で、同じ大学で働けたらすごく楽しいと思う。僕としては心からこの話を受けてほしい』というアントニーのメッセージも書かれてあった。

（あ……これを見て不機嫌になったのか）

ベッドに腰を下ろしながら、パソコンを閉じる。同時に、やや乱暴な仕草でフリッツが隣に座ってきた。高価でもなんでもないマットレスが、大柄なフリッツの体重をかけられて大きく揺れる。テオは座り直しながら、パソコンをサイドテーブルへ片付けた。

「あのフォルケの次男からだろ。性懲《しょうこ》りもなく、職場までお前をつけ回す気なのか？」

フリッツはずいい、とテオのほうへ顔を寄せると、苛立った口調で言う。テオはその物言いにムッとした。

（つけ回すって！）

いちいち、言葉が悪いのではないか。

「単に僕に向いてる研究所があるって紹介してくれただけだよ。一年契約とはいっても、研究職の働き口がそう多くないことはフリッツだって知ってるでしょ？　大体僕は学士しか修めてない。余計に間口が狭いんだから……」

「だったらヴァイクでドクターまで進めばいいだろ。マスターの申し込みは来年すればいい。お前の指導教諭なら快く待ってくれるはずだ。急ぐ必要だってない」

「……ドクターに進むほどの情熱はないんだよ。研究が好きだったわけじゃない。今は、自分のできることで細々と働けたらそれでいいと思ってるから……」

「はあ？　だったら余計に、下心丸出しの男の紹介なんか受けずとも、他の選択肢がいくらでもあるだろ」

——下心丸出しの男。

その言い方に、胸がぐさりと刺される。たしかにそうかもしれないが、フリッツに無様な恋愛感情を抱いているテオは、まるで自分に言われたように感じた。

（下心があるのなんて、普通じゃないか）

好きなら、相手に接近したくなる。テオだって、もしもフリッツに弟扱いされていなかったなら、無給でもいいから助手にしてほしい、と詰め寄ったかもしれない。好きな人のそばにいたいと思うのは、ごく自然な感情だ。

なぜその気持ちを責められなければならないのか。自分に言われたわけではないのに、フリッツの言葉に抵抗を感じてしまうのは、ナイーブになっているせいだろうか。

「この前も言ったが、やりたいことがないなら、しばらく俺の助手をやればいい。生活には困らせないし、家族も安心する。メーレンの研究室にだって好きなときに出入りできるし、悪いことはなにもないだろ?」

「……」

頭の中が、ぐらぐらと茹《ゆ》だるような気がした。

助手になれと言われて嬉しい気持ちもあるのに――それよりも、疑問のほうが先立つのだ。

――どうしてそこまでするの?

そう訊きたい。フリッツの行動には筋が通っていない。テオを助手にするメリットなんて、フリッツにはないはずだ。テオの行動を監視し、束縛したいという気持ちがないのなら――。

(そんなに言うのなら、フリッツが、僕を好きじゃなきゃ変じゃないか……!)

勘違いしそうになる。期待を抱きそうになる。テオはフリッツの思わせぶりな態度にムカムカと腹が立ってきた。

「……アントニーに下心があったからってどうなの？　僕の相手に相応しくないと思ってるなら、その理由は？」

気がつくと、テオは震える声で反論していた。真っ向から顔が見られずに、うつむく。ベッドの上で、拳をぎゅうと握る。

「まさかお前、あいつと付き合うつもりじゃないよな？」

「……もしそうだとして、それのなにが悪いの？」

体が震えた。踏み込んだ質問をして、傷つくのは自分かもしれない。分かっているけれど、フリッツがどうしてテオの恋愛に対して口出しするのか、その真意を知りたい。

「俺がちょっと圧をかけただけで逃げ出すようなヤツだぞ、お前のことを守りきれるとは思えない。だから俺はあいつを認めない」

「僕が常に誰かに守ってもらわなきゃいけないって言ってる……っ？　僕は成人してるし、自分のことくらい自分で守れる」

あまりにも自分をバカにしすぎだ。

テオは思わず顔を跳ね上げ、フリッツに向かって嚙みついていた。フリッツは動じなかった。最初と同じ不機嫌さを隠そうともしない顔で、テオを見つめていた。

「お前はケルドアの元公子で、ひ弱なロウクラスなんだぞ。どれだけ狙われやすい立場なのか分かってるか？　身分があるのに世間的には知られてなくて、金をたんまり持っていて、善良で優しくか弱いロウクラス……考えてみろ、こんなに美味しい条件の人間がいるか？　誰がどんな目的で近寄ってくるかなんて分かったもんじゃないんだ」

テオは唖然とした。

——ケルドアの元公子。ひ弱なロウクラス。

フリッツが、テオのことをこんな言葉で表現したのは生まれて初めてだった。

そんな箇条書きの、冷たい言葉の羅列で——フリッツは自分を判断していたのかと胸が冷える。もちろん、テオはフリッツの言葉が真実であることをすぐに理解できたし、フリッツの本心がそれだけではないことも分かっている。

フリッツは単純に、ある人にとっては、テオが「体《てい》のいいカモ」に見えるという事実を述べただけだ……。

分かっている。分かっているからといって、苛立たないわけではない。

「……アントニーが僕のことをそんなふうに思ってるわけないでしょ」

「思ってるようなヤツなら、とっくにお前の側から排除してる」

唾棄《だき》するように言い、フリッツは濡れた前髪を苛立たしげにかきあげた。

「じゃあ……誰なら認めるの？　僕がどんな条件の人と付き合うなら、フリッツはいいって思うわけ？」

イラついているのはこっちだって同じだ。ひ弱だのいいカモだのと表現されて、気分がいい人間がいるわけがない。

あまりにムカついたので、テオはずい、と身を乗り出してフリッツに迫った。フリッツは鼻で嗤《わら》うように笑みを浮かべると、肩を竦《すく》めた。

「テオ。どんな条件かなんて愚問《ぐもん》だ」

まるで挑むように、フリッツはテオに顔を近づけてくる。

至近距離で、テオの眼とフリッツの眼が合う。フリッツは得意げに笑っている。

「お前は一人を愛したら、他には愛せないだろ？」

はっきりと言われた言葉が、耳から脳に届いた瞬間、テオは眼を見開いた。睫毛が小さく震えるのが、自分でも分かった。

「――愛してない相手と付き合える器用さもない。お前が本気で愛してる相手。そういうやつなら認めるさ」

フリッツの赤い瞳の奥で、金色が瞬いている。

皮肉るような口調。

確信めいた言葉。

言葉の裏にある本音を、真意を、真実を……テオはどうしてか、理解してしまった。

そしてその瞬間――反射的に、テオは口にしていた。

「……フリッツ。僕がフリッツを愛してるって……分かってて言ってるの？」

言葉にした途端、周りの景色が消えた気がした。

絶望が胸を塞《ふさ》ぐ。

心は静まり、呼吸一つするのにも永遠の時間がかかるような。

止まった思考の中で、テオははっきりと見た。フリッツがほんの一瞬、動揺するのを。

そしてすぐに誤魔化すように笑い、「なにを言ってるんだ」と知らないふりをするのを。

それらフリッツの仕草はすべて、なにかも、たった一つの真実を明かしている……。

(フリッツ……)

呆然とするテオの顔が、フリッツの金を点した赤い瞳に映っている。けれどフリッツは、笑いながらテオから視線をはずした。

「とんでもない冗談が言えるようになったんだな、俺の弟は」

頭の中が真っ白になる。

刹那《せつな》、テオは叫んでいた。

「嘘つき!」

腹の中が熱くなる。胸が焦げるように痛む。

どっと溢れてきた感情は、怒り、悲しみ、悔しさ……正体が分からない。

ごうごうとテオの心を呑《の》みこむ。そしてテオは、フリッツのガウンの襟《えり》ぐりにしがみついていた。

「フリッツは嘘をついた！　フリッツは知ってる、僕がフリッツを愛してるって！　僕が……僕がどれだけ……っ」

「テオ」

フリッツが眉根を寄せて、テオの手を離そうとしてくる。テオは放してやるつもりなどなかった。手が軋むほどに強く、襟ぐりを掴む。

（さっき、なんて言った？　お前は一人を愛したら、他には愛せない……フリッツはそう言った。僕の気持ちを知っておいて……！）

「フリッツは僕に愛されてるって知りながら、無視してきたの……!?」

突然、ひどい裏切りにあったような気がした。胸が苦しくなり、息がうまくできない。こみあげてきた涙が、ぼろりと頬をすべり落ちる。

「どういう、どういう意味で、言ったの？　僕がフリッツしか愛せない、から、だから誰とも、付き合えないって？　……じゃあフリッツが付き合って。フリッツが受け入れて、僕の愛を受け取ってよ！」

――ああ、もう、めちゃくちゃだ……。

例え告白するにしても、こんなふうに伝えるつもりなどなかった。それなのに今の自分は、まるで子どものように泣きながら、駄々《だだ》をこね、怒り、叫んでいる。

「愛してる、愛してるよ！　フリッツが好き……全部言うこと聞くから、恋人にして……」

こんなふうにしゃにむに、怒鳴りながら告白するだなんて、今どれほど自分は滑稽で、みっともないのだろう？

けれど今さらこぼれた言葉を、取り返せるわけがない。

「分かってるなら受け入れてよ……っ、愛してるから……っ」

喉がすり切れそうに痛い。

血反吐《ちへど》を吐くかのような告白。ロマンの欠片《かけら》すらない。

気がついたらテオは、哀願していた。フリッツは黙り込み、ただ戸惑ったようにテオを見下ろしている。金を含んだ赤い瞳は揺らめき、整った顔は狼狽《うろた》えながら、言葉を選びあぐねている。

テオはもうこれ以上言えることもなくて、フリッツのガウンをぐちゃぐちゃに摑んだまま、泣いた。

こんなふうに自分の気持ちをさらけ出したことが、あまりにも恥ずかしく、みじめだった。

部屋の中には、テオの泣きじゃくる声だけが響いている。

「テオ、それは……」

やがて、重たそうな口を開けて、フリッツがようやく言葉を紡ぐ。テオは息を止め、震えながら答えを待った。泣くのをやめようと、必死にこらえて、しゃくりあげる。

「勘違いだ」

勘違い。

フリッツは繰り返した。

「お前の、俺への気持ちは、勘違いだ」

無情な一言――。思ってもみなかった答え。

テオは一瞬、なにを言われたか分からなかった。

(勘違いって……なにが?)

泣きながら吐露したこの気持ちが?

思春期のころから抱えてきて、ずっと悩んできたこの気持ちが?

――勘違いだって?

「……お前が俺に感じてる恋情は、今だけのものだ。あと数年もしたら変わるから、俺と付き合ったりしないほうがいい」

(……なんでそんなこと言えるの?)

テオは混乱した。眼の前がぐらぐらと揺れた。

フリッツの言葉が信じられない。

(今、僕は軽んじられたの……?)

必死の告白を、みじめでみっともない愛の吐露を、これ以上ないほどに追い詰められて口にした言葉を、フリッツは勘違いなどという言葉で、誤魔化そうとしている。

「……そんな、軽い気持ちなら、こんなに長い間好きじゃない……。勘違いじゃない、僕はフリッツが好きだよ、ほんとに好き。なのに、どうして」

「お前にとって俺は、一番心細かったときにそばにいた相手だ。だから錯覚するのも不思議はない。お前はまだ若いから、もっと大人になったらいずれその気持ちは冷める」

「冷めない……！」

決めつけられたことに怒りが湧き、テオは叫んでいた。フリッツは困ったような笑みを浮かべ、駄々っ子をあやすようにテオの頭を撫でた。

その仕草に、テオはカッとなってフリッツの腕をはねのけた。

こんなにまで反抗的な姿を見せたのは初めてなのに、フリッツはちっとも怒っていなかった。聞き分けの悪い子どもを見るような眼で、テオを見ているだけだ。

（相手をする気もないのなら、どうして……僕を縛ろうとするの？）

本当にただの、過保護な兄としての気持ちから？

それならなぜ――テオの気持ちを、人質にとるかのような発言をしたのだろう。所詮《しょせん》お前が好きなのは俺なんだから、他の相手とは付き合ったりできないと、暗に伝えてきたのだろうか。

そこにほんのわずかでも、欺瞞《ぎまん》や、優越感や、独占欲がないと――本当に言えるのか。

「いいか、テオ。お前くらいの年齢だと、身近な人間への家族愛を、恋情と混同することだって珍しくない。だから……」

「黙ってよ！」

テオは叫んでいた。激しい怒りに支配され、思考が吹き飛ぶ。

もうどう思われてもいい。どうせ一番みっともないところは見られてしまった。ただ、眼の前のフリッツの、余裕ぶった態度が許せなかった。

テオは衝動的に、フリッツのガウンの襟ぐりを摑み直す。下から睨《にら》みつけても、フリッツは表情を崩さない。怒りが臨界点を超えて、テオは勢いよく飛び上がり、体重を掛けて前に倒れた。フリッツの唇に、己のそれを押し当てながら――。

なんて無様なファーストキスなのか。

けれどそのときは、そんなふうに考えることもできなかった。

ただ無我夢中に、自分の気持ちは嘘ではないと証明したくて、テオは不器用にフリッツの唇を奪った。

額や髪、頰や手の甲には何度となくキスされてきた。

けれど唇を合わせたのは初めてだった。自分のそれで味わうフリッツの唇は柔らかく、わずかに湿っていた。フリッツの、甘やかな、それでいて森の奥にいるかのような香りが、かつてないほど深く湧き立ちぶわりと全身を包む。厚い胸板に倒れこむと、テオのガウンもはだけて素肌が触れあった。

体が一瞬で汗ばみ、じわりと下半身が反応した。

「っ、テオ！」

フリッツが動揺した声をあげながら、顔を逸らす。テオは意地になってそれを追いかけ、またキスをした。

自分の性的興奮が伝わってしまえばいいと、細い足をフリッツの逞しい太ももに絡めようとした。そのとき、一度としてフリッツからは感じたことのなかった、硬い感触を感じた。瞬間、頭の片隅が冴え渡る。

甘美だったのは、そこまでだった。

テオは胸ぐらを掴まれ、突き飛ばされるようにしてベッドに転げていた。それほど激しくされたわけではないけれど、体重の軽いテオはマットレスに背から沈み込む。視界がぐるりと反転し、天井が見える。

「この……っ」

フリッツは素早く立ち上がると、突き飛ばしたテオを睨み下ろしていた。

「冗談が過ぎるぞ！」

聞いたことがないほど強い声で、怒鳴られた。

フリッツが口元をぐいと拭ったのを、テオはたしかに見た。心臓が痛む。冷たい眼差しより、怒った声音より、突き飛ばされた事実より……キスした唇を拭われたことが、一番辛かった。

「お前は、おかしくなってる。いいか、ちょっと……頭を冷やせ！」

突き放すように言い、フリッツが寝室を出て行く。

テオは今起きたすべてのことを消化しきれないまま、まだ呆然として天井を見つめていた。

扉の向こうではなにやら慌ただしい物音が続き、やがて玄関の扉から、誰かが出て行くのが聞こえた。きっとフリッツが、研究室に泊まるつもりで、この部屋を出ていったのだろう。

テオは仰向けに寝転がったまま、ぽつりと呟いた。

「……フリッツだって、勃《た》ってたくせに」

それが嬉しいのか、悔しいのか、よく分からない。ただ一つ分かることは、フリッツはテオの気持ちを、拒絶したということだけだった。

それも、結局はよく分からない理由で。

五

――気持ちを伝えるべきではなかった？

感情的になりすぎた？　もう少し冷静であれば、言葉選びを間違っていなければ、違う結果が得られただろうか？

頭の中に、様々な「たら、れば」が浮かんでは消える。けれど一方でこうも思う。

（僕が悪かったかもしれない。だとしても、この仕打ちはないんじゃない……っ？）

その日、テオは昼の大学構内を歩きながら、腹を立てていた。

フリッツとのケンカ――と、言えるのだろうか？　――から五日が経っていた。

あれ以来、フリッツはテオの部屋に寄りつかなくなり、大学でたまたま鉢合わせた日など、視線が合ったにもかかわらず、顔を背けてテオを避けた。

あからさまに無視されている。

それがはっきりと分かったときは、さすがにショックだった。

発端《ほったん》がフリッツの傲慢《ごうまん》な一言からだったとはいえ、恋情を告げてしまったのはテオだし、強引に唇を奪ったのもテオだから、冷静になったあとはそれなりに反省していた。

(あのとき我慢できてさえいれば……)

何度となく時間を巻き戻し、やり直せたら……と考える。

自分のみっともない行動を思い出すとあまりの羞恥《しゅうち》で死にたいような気持ちになったし、フリッツに対しては、罪悪感を抱いていた。それでも、結局のところ自分はあの場面で、我慢ができなかった気もしている。

気持ちを自覚してから七年、ずっと隠してきた心を不用意につついてきたのはフリッツのほうだからだ。

起こしてしまったことや、言ってしまったことは無しにはできない。それならせめて、軽率《けいそつ》な行動を謝ろう、謝ってもう一度話し合いたいと伝えよう。二日ほど悩んだ末に、テオはそう決めた。それなのに、無視されてしまえばなす術《すべ》がない。

『この前はごめんなさい。一度ちゃんと話したい』

そうメールを送っても返事がないし、電話をしても繋がらない。

(僕は二十歳で、フリッツは三十九歳のくせに……!)

十九も年上なのに、なぜ話し合いにさえ応じてくれないのか。いや、むしろ十九も上だからこそ、このまま有耶無耶にするつもりではないのかと、テオは疑った。

フリッツの性格ならありえそうだ。ヴァイクでの滞在期間を大幅に縮めて、さっさとケルドアに行ってしまう可能性だって考えられる。はたまた、いきなり海外の学会に参加すると言って行方をくらますかもしれない。

そうやって誤魔化して、テオが忘れたと思ったころに戻ってきて、いつもどおりの態度で声をかけてきそうだ――。

少なくとも、テオがフリッツの言葉や態度に腹を立てると、フリッツはその怒りに真摯に向き合うよりも、テオを懐柔《かいじゅう》することに力を注ぐタイプだ。これまでは、それで上手くいってきた、というのもある。

テオとフリッツは大きなケンカをしたことがないし、たとえ争っても大した問題ではなかった。せいぜいがアントニーを警戒して、勝手にテオの部屋に泊まると決めたときが、一番の諍《いさか》いだったくらいだ。

（僕の気持ちを勘違いだと思ってるなら、時間が経てば消えるって高をくくってるかも……）

フリッツの考えそうなことだと思う。

けれどこのまま自分の気持ちをなかったことにされるのは、テオにはどうにも悔しかった。そもそも、伝える気のなかった恋情を引き出したのは、フリッツが一線を越えてきた責任もあるのに、向き合ってもらえないことは苦しい。

（自分から僕の部屋に潜り込んだくせに……）

今ではそれすらも忘れたように、研究室にこもっているフリッツの態度に納得がいかない。なによりも、テオはもう知ってしまった——勢い余って押し倒したあの日、フリッツの体が、テオに反応していたことを。

（……フリッツだって、僕を性的対象に見れるってことじゃないか！）

普段ならこの事実を知ったあと、小躍《こおど》りして喜んだかもしれないが、現状ではただただ腹が立った。フリッツが、そのことをなかったことにしようとしているから。

悶々と悩み続けて、罪悪感よりもついに怒りが上回ったその日、テオはこれ以上待っていられないと、フリッツの研究室へ向かうことにしたのだった。

（きっちり伝えてやる、僕の気持ちは一時のものじゃないって。勘違いなら、フリッツに欲情したりしないって。フリッツだって僕に欲情できたじゃないかって……！）

大人の狡猾《こうかつ》さで、のらりくらりと焦点をずらすだろうフリッツに、このカードが効かないはずがない。

おとなしく引き下がり、なにもなかったかのように振る舞うこともできるけれど、あれだけはっきりと告白をした以上は、せめてテオの気持ちが勘違いではなく、本気なのだと分かってもらうくらいのことはしたかった。

（こんなことを考えるなんて、僕はばかなのかな……？　でも、今までどおりに戻ったら、きっといつか後悔する）

行動してもしなくても後悔するのなら、動いてから後悔したい。

決意を固めて、テオは普段自分が詰めている二階の研究室から、五階へと向かった。

フリッツの研究室は、テオの所属する研究室と同じ棟に入っている。

高価な実験機材などは複数の研究室が共有するため、理系分野は同じ建物にまとまって配置されているのだ。

とはいえ、研究員の一人も抱えていないフリッツは、五階の隅っこに部屋を与えられているだけで、室内にはろくな実験機材もそろっていない。私費で買ったパソコンが数台と、医療検査機器がいくつか。あとは積み上がった論文や書類だらけという部屋だった。テオは何度か訪れたことがあるので、当然フリッツの研究室がどこにあり、中がどんなふうになっているのか知っている。

フリッツはケルドアで葵《あおい》の診察をしながら臨床サンプルを集め、細かな解析は外注しつつデータを持ち帰り、ヴァイクでは主にそれらを整理して論文にする作業をするのがルーティンだった。

海外の研究チームに合流するために準備している場合もあるが、フリッツの日常の中でヴァイクで過ごしている期間は、比較的ゆとりのある時間だ。

（だから研究室に行っても迷惑になったりはしない。そんなに時間をもらうわけじゃない。ただ、ちゃんと話し合いたいってだけなんだから……！）

怒りが萎んでしまったら、行動できなくなる。テオはせっかく出した勇気が消えないよう、大きく深呼吸したあと、フリッツの研究室のドアをノックもせずに開け放った。

「フリッツ、話があります」

きっぱりと言い放って、部屋に入る。

「……テオ」

デスクでデータを読んでいたらしいフリッツが、テオを見るなりげんなりとした顔をした。フリッツに、そんな表情を向けられたのは初めてで、テオは内心ショックを受けた。

(……そんなに、会いたくなかった？)

胸が軋み、心が傷を負う。呼吸が浅くなりかける。一瞬で帰りたくなった。けれどぐっとこらえて、後ろ手にドアを閉めた。冷静に、冷静に、と自分に呼びかける。

「……話し合いたいって言ったのに、どうして無視するの？」

問いかけた声が震え、低くこもる。テオにとっては精一杯の言葉だけれど、フリッツはため息まじりに頬杖をつき、座っていたチェアを軋ませて体を横に向けてしまう。まるでテオの話を、聞く気がないという様子だった。

その仕草に傷つくのと同時にカッとなって、テオは大股にデスクに近寄った。やや乱暴に手を突き、無視をしているフリッツに身を乗り出した。

「逃げないでよ……っ、……僕のこと、これ以上傷つける気なのっ？」

テオだって、この五日間どう話し合うべきか何度も頭の中でシミュレートしてきた。なにをどう伝えれば、フリッツが向き合ってくれるのか。

賭けだったが、テオが「傷つく」という言葉に、フリッツは反応した。頬杖を解き、眉根を寄せたいやそうな顔で、テオを振り向いた。

内心で、テオは少しだけ安堵した。もしもこの言葉さえ無視されたら、フリッツにとって自分はどうでもいいのだと、ショックを受けて崩れ落ちてしまいそうだったからだ。

（大丈夫。まだ……大事にされてる）

そう思って、ホッとする。

ずるいようだけれど、今はフリッツの情に訴えるしかない。

「……。テオ。傷つけるつもりはない」

やがてフリッツが、ため息交じりに釈明した。

「傷つけてるよ、ずっと無視されてるのに、傷つかないと思うの？」

「これ以上は傷つけたくないから、距離を取ってるんだ」

「一緒にいたら傷つくってこと？　どうして勝手に決めつけるの？　僕の気持ちが勘違いだからだって話なら、僕は本気だって分かってもらいたくて今日、ここに来たんだよ」

テオの声はいつの間にか切羽詰《せっぱつ》まったものになり、鼻の奥がつんと痛んだ。

――分かってほしい。

勘違いなんかじゃない。願うようにそう思う。

「……僕は、本当に、フリッツが好きです」

一言ずつ、区切るように強調する。

好き、という言葉を発するとき、心臓が摑まれて引き絞られるように痛んだ。真正面からフリッツを見るのが怖くなり、テオはうつむく。

……お願いだから、拒まないで。

切実な祈りで、体が小さく震えていた。

けれどフリッツは、テオの言葉には答えずに、小さく息をこぼした。呆れたような、困ったような吐息だ。

テオは緊張しすぎて、呼吸を止めてしまう。わけも分からず、身体が強《こわ》ばり、火照《ほて》ってくる。

やがてフリッツは、体をテオのほうへ戻し、椅子の背にもたれて、鷹揚《おうよう》に足を組み替えた。ただそれだけの仕草。けれど次の瞬間、フリッツから強いハイクラスの気迫がどっと溢れてくるのを感じた。威嚇のようなオーラに、肌がぴりっと痺れて、テオは体をすくませた。

いつも優しいフリッツから――こんな雰囲気を出されたのは、生まれて初めてだった。

おそるおそる顔をあげて、フリッツを見る。

フリッツは真顔で、テオを見ていた。普段浮かべている笑顔が消えると、端整《たんせい》な顔立ちがより際だって見える。赤金の瞳が、ぎらりと輝いて、獲物を捕獲するような視線でテオを絡め取った。

足があえかに震える。ハイクラス特有の威圧《いあつ》を真っ向から受けて、恐怖で心臓が早鐘を打つ。けれどテオはぐっと唇を噛みしめて、それに負けないようにした。

「勘違いだ、テオ」

一際《ひときわ》低い声で、ほとんど命令するような口調で、フリッツが言った。

「勘違いということにしておくんだ。テオドール」

ぞくぞくと背に悪寒が走った。

――テオドール。

そう呼ぶ声には、明らかにテオを屈服させようとする色があった。

はい、そうします。本能的にそう言いたくなるのを、必死でこらえた。あまりに理不尽な言い分に、目尻に涙がにじむ。これまで、フリッツには甘やかされたことしかない。突然冷たく脅されて、息苦しくなるほどにショックだった。

（そんなに、僕の気持ちを受け入れられない……？）

普段はおくびにも出さないハイクラスの威圧感を放ってまで、テオを退けようとするほどに？

心に衝撃が走り、心臓がばらばらに砕けた気がした。

身体が震え、涙が一粒、眼から落ちる。

「……どう、して？」

テオは喘《あえ》ぐように、必死に声を振り絞った。ここで引き下がりたくない。自分はもう、愛していると言ってしまった。受け入れられなくても構わない。なかったことにされたくない。

「どうして……僕が、気持ち悪い？　……軽蔑したの？　汚いって思った……？」

言いながら、さらに涙が溢れ出てくる。兄のような相手に欲情する、薄汚い人間だと軽蔑されていたら――そう思うと、つい不安が口からこぼれた。

瞬間、フリッツの表情に動揺が走った。ひりつくようだった威圧がぱっと消えて、フリッツは椅子から立ち上がった。

「そんなこと思うはずないだろう？　俺がお前を気持ち悪いなんて……一ミリも思ってない！」

慌てた様子でデスクを回り、フリッツはテオの涙を拭った。

さっきまでの恐ろしい雰囲気が消え、テオの泣き顔に焦りながら顔を覗き込んでくるフリッツは、完全にいつものフリッツだ。

（……あっという間に、元のフリッツに戻った）

ただ、テオが泣いたというだけで。

――やっぱり、フリッツは僕を嫌ってるわけじゃない。

そのことに安堵しながらも、「じゃあなんでなの？」と問うのをやめられなかった。

フリッツは困ったように眉根を寄せる。

どこか途方に暮れたような表情で、食い下がるテオを見ている。

テオはまた言葉を遮られる前に言い切ろうと、必死になって「本気」の根拠を述べる。

「僕の気持ちは勘違いなんかじゃないよ。家族愛だけなら、僕の体はあんなふうにならない。フリッツだって……」

そこまで口にすると、フリッツは苦々しい表情を浮かべた。テオはそれ以上は踏み込まなかったが、今の一言でテオがなにを言いたいのかは、十分伝わっただろう。フリッツに口づけたとき、テオの体は性的に反応していたし、フリッツもそうだった。

その事実は、どんな言葉よりも雄弁だと思う。

「……気持ちを言うつもりなんてなかった。でももう伝えてしまったから、正直になりたい。……好きなんだ、フリッツ」

心臓が、痛いほど激しく鳴っていて、全身が火照ってくる。顔が燃えるように熱い。恥ずかしさと、みじめさに消えたくなりながら、勇気を出して正直な気持ちを伝える。

フリッツは、ただただ困っていた。苦い顔で、テオの告白を聞いている。

「僕の気持ちは、フリッツの迷惑にしか、ならない？　……僕が、こ、好みじゃないから？　きれいじゃないし、子どもだから……」

「そんなことは思っていない」

愛を伝えるほどに自信を失い、涙声で自虐《じぎゃく》すると、フリッツはすぐさまそれを否定してくる。大きな手でテオの二の腕を摑み、「断じて、そういう理由じゃない」とフリッツは言い切った。

「お前はきれいだし、魅力的だ。すごく可愛いよ、俺の知ってる誰よりも……ああ、くそ」

フリッツは必死にテオへ言い聞かせながら、最後、舌打ちまじりにうなだれた。

ちらりと見ると、フリッツは顔を歪ませて、苦しそうにしていた。

まるで策を失って、絶望しているかのように見える。そのフリッツの気持ちが、テオにはよく分からない。嫌う理由がないのなら、なぜこれほどに拒むのか、せめてわけだけでもテオは知りたかった。

「外見が……ダメじゃないならどうして？　お、お母さんとお父さんには、もう僕の気持ち、知られてる。……許してくれた。だから……」

「……そういうことでも、なくてだな」

必死に言いつのるテオに、フリッツは歯切れ悪く言う。

「なら……性格がダメ？　僕が卑屈だから……」

「はあ？　誰がそんなこと言った！　お前ほど性格のいい子は見たことがないだろ！」

フリッツはテオが自分のことを卑下《ひげ》するのを遮って、イライラと言い放った。テオの二の腕を放し、フリッツは頭痛でもするかのように額を手で押さえると、「くそ、あまりにも自明のことじゃないか」と唸《うな》りながら、部屋の中をうろうろし始めた。

「一度だってお前のことを俺が悪く言ったか？　もし言ったとしても、本心じゃない……お前はきれいだよ、可愛いし、性格だっていいし、一緒にいて楽しい。欠点なんてない。どこの誰よりも魅力的で、もしお前を愛さなかったら、世界の誰を愛せるって言うんだ？　どう考えたって――そんなことは分かりきってるだろ……」

独り言のように呟くフリッツの言葉に、落ち込んでいた気持ちが少しずつ上がってくる。

淡い期待が、胸にともる。

（僕のこと、きれいだって、性格もいいって、愛せるって、本当に思ってくれてる？）

そう考えると、胸がときめく。

けれど同時に、ますますフリッツの拒絶の意味が分からなくなる。

「小さいときから一緒にいるから、罪悪感が……あるの？　それなら僕だって、育ててもらったのに、こんな気持ちを持ってるわけで……」

「違う。……そりゃお前が大学に入るくらいまでは、ちょっと自分の頭を疑ったけどな。お前のその、蜂蜜を煮詰めたみたいな眼が……俺を愛してるってずっと訴えてるのに、なんで無視できる？　俺だって……」

そこまで言って、フリッツは立ち止まり、イライラと髪をかき混ぜた。

──俺だって、の続きはなに？

ドキドキと、胸が高鳴る。ほんの少しなら、期待しても許されるのだろうかと、心が揺れる。震える声で、テオはもう待てなくて続きを促した。

「……フリッツ、フリッツも、もしかして、僕を……その、愛してくれてるの？」

声がかすれた。ありえない。そんなことあるわけない。けれど一縷《いちる》の望みにすがった。

フリッツはしばらく無言だった。

テオから眼を逸らし、なにも答えようとしない姿に、一瞬だけ浮上していた心が、急速に落下していく。

「そんなこと、あるわけない……？」

「……いいや」

けれど、フリッツは小さな声で、テオの言葉を否定した。テオはぱっと顔をあげて、フリッツを見た。

フリッツはなにもかも諦めたような表情で、静かにテオと視線を合わせた。

「テオ……言うつもりなんてなかった。……でもお前が、自分のことを卑下するほうが耐えられない。ああ、くそ」

乱暴に息をつき、フリッツはやけくそのように言った。

「……俺はお前を愛してるよ、とっくの昔から」

――お前を愛してるよ。

時が止まったような気がした。

あまりの衝撃に、嬉しさや喜びを感じることさえできない。テオはむしろ混乱しながら、フリッツの言葉を受けとめていた。

（両想いってこと？）

そうだ。そのはずだ。それなのになぜか、いやな予感がした。テオを見つめてくるフリッツの瞳に、楽観的な感情が一つもない。まるで罪を告白したあとの、罪人のような悲哀が、その眼の中にちらついている。

テオは唇を震わせた。

「愛してくれてるのなら、どうして、勘違いなんて……」

「愛しているが、お前との関係を変えるつもりは一切ない」

言葉をさえぎられ、冷たい口調で言い切られる。テオは一瞬、呆然とした。

（……どういう意味？）

言葉にしたつもりが、声になっていなかった。

フリッツはじっとテオを見つめたまま、もう一度繰り返す。

「お前を愛していることと、関係を変えることはまったく別の問題だ。俺はお前と恋人にはなれないし、ならない。この気持ちは変わらないから、この話は終わりにしよう」

「……どうして？」

やっと、かすれた声が出た。頭がずきずきと痛み始める。混乱と衝撃に、感情がぐちゃぐちゃに乱されそうになる。

頭の中は、ただどうして？　どうして？　と繰り返すだけで、思考はばらばらになり、自分が今どういう状態で、なにをどう聞けばいいのかも、分からなくなる。

フリッツの言っていることが、一つも理解できない。

「……理由があるなら、おし、教えて」

わずかな冷静さをかき集めて、必死に訊いた。声はかすれ、震えている。

けれどフリッツは、なにも言わなかった。

「年の差？」

フリッツは微動《びどう》だにしない。

「それとも……お互いの身分のこと？」

フリッツはわずかに、眼を伏せただけだ。

「……どうして……なにがダメなの？」

分からない。

愛し合っていて、なにかしらの条件が悪いわけでもないなら、なぜ。

一歩フリッツに近づく。フリッツはそうすると、一歩テオから距離を取った。厳しい顔で、ただ黙っているフリッツが、急に知らない人のように見えてくる――。

眼の前がくらくらして、視界が歪む。涙がこみあげてきて、息苦しくなる。

分からない。理由はなに一つ分からないのに、それでもいやというほど分かることがある。

――フリッツは絶対に絶対に、テオと恋人になるつもりがないのだ。

そしてその理由を、教えてくれるつもりもないのだと。

（なんで？　なんでなの？　どうして、どうして……？）

絶望した。物理的な距離を詰めても、どれだけなじっても、泣きわめいても、懇願《こんがん》しても、フリッツが変わってはくれないことが、直感できた。

その直感は、ほぼ確信だった。

物心ついたときからフリッツを知っている。

実の兄よりも近い距離で育った。だから分かってしまう。フリッツはこれ以上、けっして応じてくれないと。

自分とフリッツの間に横たわる、深い深い隔絶《かくぜつ》の溝を、はっきりと感じた。これまでに一度だって感じたことのないその溝に、愕然とする。

「……あ、愛してるのに、ダメなの……?」

それでもみっともなく、テオはもう一度問うてしまう。

「……テオ、理解してほしい」

フリッツは苦々しげに、諭すように言ってくる。

「僕が、フリッツと愛し合えないなら、幸せになれないって言っても?」

……幸せ。

それはテオにとって、フリッツと過ごす日常と同義だった。拒まれたらきっと、一生幸せになれないだろう。

「俺のお前への愛情は、この部屋を出たら忘れてくれ」

(……なかったことにしようって、そういうこと?)

好きな人に好きと言って、その相手も自分を好きだった。

こんなにも単純な事実に眼を逸らし、気持ちに蓋をしろと言うのだろうか?

あまりにも残酷な言葉に、硬直する。それなのに、泣きわめいても暴れても、フリッツがこの決定を覆《くつがえ》すことはない、と分かってしまう。

フリッツは静かに背を向けると、研究室の扉の前まで歩いていった。

大きな手でドアノブを回し、貴族的な仕草で、音もたてずにドアを開いた。そうして視線だけで、テオに部屋から出るように、促してくる。

テオは呆然として、フリッツを見つめた。

フリッツは感情の読めない、人形のような無表情をしていた。

（この部屋を出たら……フリッツの僕への気持ちも、消えるってことなの？）

なぜ？　どうしてそんな理不尽なことを、受け入れなければならないのだろう。

わずかでも希望があるのならすがっていたい。

どうしていいか分からずに、ただ涙が頬をこぼれ落ちる。いつもならすぐに、テオの涙を拭ってくれるフリッツ。泣き止むまで、百でも千でも、優しい言葉を囁いてくれるフリッツ。抱きしめ、頬にキスして、お前は世界一美しい、可愛いテオ……と慰めてくれるフリッツ。

そのフリッツが、ただじっとして、テオが出て行くのを待っている。

テオはとうとう、重たい足を引きずるようにして、足を踏み出した。

一歩進むたびに、心が引き裂かれるような痛みを感じる。部屋を出る直前に、足が止まった。

「理由は……」

「教えられない。分かってくれ」

すべてを問う前に拒絶された。テオは数秒その場に固まったまま、けれど他にどうすることもできなくて、ついに廊下へ出た。

すぐさま、扉が閉まっていく。

完全に閉めきられる前にテオが振り向くと、隙間からフリッツの眼差しが見えた。最後の眼差しは優しく、愛情を含んだ、いつものフリッツの視線だった。

テオの耳に、消えそうなほど小さく、フリッツの囁く声が聞こえた。

「……お前は他の人間でも愛せる。テオドール」

大丈夫だよ、とフリッツは続けた。

「そしてお前を愛さない人間なんて、この世界にはいない」

――それは、励ましなの？

訊きたかった。

フリッツからの愛しかいらないのに、なぜ他の人からの愛を、テオがほしがると思うのだろうか。

けれどテオが口にする前に、フリッツの研究室の扉は、静かに、たしかに、閉じてしまった。


……たぶん、雨が降っている。

そしてたぶん、今は夜だ。

頭の片隅でそう思う。窓の向こうは真っ暗で、ガラスを叩く雨粒の音がするから。

けれどそれ以外のことは、テオにはなにも分からなかった。

フリッツの研究室を出たあと、一体どうやって、自分の部屋へ帰ってきたのかすら分からない。

ただ、今のテオは灯りもついていない寝室で、一人ベッドに丸まっている。

薄い夏掛けにくるまって、じっとしている。

透明な海の中に、溺れて沈んでしまった心地だ。

水底まで落ちてしまい、浮いてこられない。息苦しくて、心臓は壊れたようにどくどくと脈打ち、冷たい汗がひっきりなしに溢れ、涙は瞳が壊れたかのように、意味もなく流れ続けている。

感情は麻痺《まひ》していて、自分が今感じていることがなんなのか、よく分からない。分かっているのは、ひどく傷ついているということだけだ。

——お前を愛してるよ。

——俺はお前と恋人にはなれないし、ならない。

——俺のお前への愛情は、この部屋を出たら忘れてくれ……。

フリッツの言葉が、耳の奥でずっと繰り返し聞こえていた。

思い出すたびに胸に痛みが走り、息が止まって、テオは本当に溺れ死んでしまいそうだった。

わけが分からなかった。フリッツの言葉の意味が、なにひとつ理解できなかった。

（……関係が終わった……ってことなの？）

愛を伝え、フリッツの本音を聞こうとしたことで、自分たちの関係性は大きく変わってしまったのだろうか？　もう二度と、一緒に過ごせないのだろうか？

それともフリッツは、時が過ぎたら今までどおり、兄弟のように振る舞うつもりなのか。

（分からない。……僕は、これから）

――どう生きていけばいいの？

絶望が、ひたひたとテオの心を満たしていた。

フリッツが好き、ということ以外には空っぽな自分が、どうやってこの先を生き抜いていけばいいのか、まったく分からなかった。

人生の目標や、生きる意味。

そんなものがすべて壊れて、なくなってしまった気がする。

――自分の幸せの基盤について、じっくり考えてから決めたほうがいいかもしれないね。

メーレンの言葉が、脳裏をよぎる。

（先生……僕、本当は自分の幸せの基盤なんて、とっくの昔に知ってるんです）

……ほしかったのは、フリッツとの特別な関係と、一生そばにいられる約束だった。

そうして二人で暮らし、他愛のない日常を過ごすこと。

それがテオにとって、幸せの基盤だった。

(……でも、もう消えてしまった。そうしたら、どうすればいいんですか……?)

フリッツはテオがこの先どんな進路を選んでも、きっと口出ししてこない。「兄として」の建前《たてまえ》を取っ払って、一度でも「愛している」と言ってしまった手前――そのくせ、テオとの恋愛関係は望まないと宣言してしまったのだから、フリッツはテオのことを遠ざけるだろう。

もしかしたら、傍目《はため》には分からないくらいのささやかな方法で、距離をとるかもしれない。養父母や親戚、周りの人の誰も、不審に思わないような。けれど距離を置かれているテオにだけは、伝わってしまうくらいの微妙なやり方で。フリッツはテオよりずっと大人だから、そのくらい簡単にできるはずだ。

手綱《たづな》を放されたテオの前には広々とした自由が拓《ひら》け、家族も、フリッツも、誰も彼もがテオを見送るべく背中の後ろに立っていて、隣にも、目指す先にも、いてくれない。

――独りぼっちだ。

その孤独感は冷たくテオの心を責める。

(僕が悪い。好きって言ったから……隣に立って、一緒に生きたいって……願ったから。言わなかったらよかった。我慢できなかった、僕が悪い……)

分かっている。気持ちを伝えなかったら、誤魔化しながらでも隣にいられた。我慢するべきだったと自分を責めながらも、やはりそれは無理だった、という気持ちにもなる。

（いつかはこうなった……きっと、今回我慢しても、またどこかで誤魔化せなくなって、伝えていたと思う）

そんな自分に落胆するのと同時に、結局どれだけ考えても、フリッツの反応が分からないという結論に達する。

（……僕を愛してるって言ってた。なのに……一緒にいられない理由はなに？　立場や身分でもないなら、分からないよ、フリッツ……）

混乱したまま、自然と眠りにつくまでテオは泣き続け、眼が覚めてからも動く気力がなくて同じ状態だった。朝なのか昼なのか夜なのかも分からないまま、布団にくるまってぼんやりと悲嘆《ひたん》に暮れていた。

このまま消えてしまいたかった。

喉も渇かないし腹も空かない。なにも感じない。時間が止まっているのかもしれない。気を失うように寝て、時々目覚めては泣いて、それを何度か繰り返しているうちに、不意に大きな音が聞こえた。

最初は鈍く、けれどやがてはっきりと、誰かが「テオ！」と呼びながら玄関扉を叩いているのに気がついた。

咄嗟《とっさ》に思い浮かべたのは、恋しい男の名前だった。

（フリッツ……？）

もしかしたら、テオを傷つけたと思って追いかけてきてくれたのかもしれない。やっぱり自分も愛しているると、言いに来てくれたのではないか――。

一瞬、ありえない期待を思い浮かべて、テオはベッドを出ると、足をもつれさせながら玄関へと向かった。

けれど扉を開けて見えたのは、心配そうなアントニーの姿だった。

「……アントニー」

呼んだ声がかすれる。

（フリッツじゃなかった）

そう分かった瞬間、頭の中が冷たくなる。まるで糸が切れたように、体から力が抜け、よろめいて倒れかけた。アントニーが「テオ！」と慌てながら、抱き留めてくれる。

フリッツではなかったと知った途端、ついさっきまで抱いていた期待がいかにも馬鹿馬鹿しくなった。

（僕は……どこまで愚かなんだろう）

恋は盲目と言うけれど、あれほどきっぱりとテオを拒絶したフリッツが、自分の主張を改めるわけがないと、冷静になればすぐに分かることだった。

（そんなことより、今は眼の前のアントニーだ……）

落ち着いて対応しなければと自分に言い聞かせながら、テオは一人で立とうと腹に力をこめた。

「アントニー、どうしたの……？」

テオが訊くと、アントニーは不安そうに眉根を寄せた。

「メーレン教授からの連絡見てない？　この二日間、きみが研究室に来ないうえに、電話も繋がらないって言うから、様子を見に来たんだよ」

アントニーは焦ったような声音で話しながら、テオに肩を貸し、リビングのソファまで付き添ってくれた。

「僕も何度か電話したんだけど……もしかしてテオ、倒れてた？　顔色がすごく悪い」

テオは呆然とした。フリッツに失恋して、ずっと泣いていた記憶はあるけれど、二日も経っていたとは思ってもみなかった。

「ごめん……気づいてなかった」

喋《しゃべ》ると乾燥した喉が痛み、テオは軽く咳《せ》き込んだ。アントニーは「なにも食べてないの？」と言って、急いでテーブルの上になにやら紙袋を置いた。

「コーヒーとパンを買ってきたんだけど、水のほうがよかったかな」

紙袋の中から、テイクアウトのホットコーヒーが出てくる。アントニーに渡されて、テオは両手で受け取った。知らないうちに体が冷えていたらしく、温かなカップを握ると、指先に血の通うような感覚があった。

「リゾットとかにするべきだったかな？　今から食べ物を買ってこようか？」

アントニーはいつもより早口で喋っている。なにかに焦っているような姿は、こちらを心配してのものかもしれない。

リビングの鏡にちらりと自分の姿が映ったのを見て、テオはアントニーの不安も分かる気がした。着替えもせず、寝乱れた服装で、髪もくしゃくしゃなうえ、顔は青ざめ、涙の痕《あと》がいくつも顔についていて、見るからに憔悴《しょうすい》している。

「……テオ、なにかあった？　ひどく泣いたみたいだけど……」

横の椅子に腰掛けながら、アントニーがどこか狼狽えた表情で、テオを覗き込んできた。なんと答えるべきなのか、分からなかった。明るく笑って、失恋したんだよね、と言ってしまうべきか、なんでもないよと嘘をつくべきか。

「……ちょっとね。ごめん、コーヒーもらうね。飲んだら、電話を探して……」

結局、言葉つたなく誤魔化してから、そういえばスマートフォンが手元にないと気づく。寝室だろうか？

（充電が切れてるかも。だから、かかってきても気づかなかったとか……）

申し訳ない、メーレンに連絡を入れねば、とにかく今はアントニーを安心させて……と、現実的に考えるべき問題はいくつもあるのに、そのすべてがどこか遠い国の出来事のようで、動く気力がどうしても湧かなかった。

それでも、無理やり渡されたコーヒーを口に含む。味なんて分からなかった。胃の中に流し込んでしばらく、突然きりきりと締め上げるような胃痛が始まって、テオはカップを取り落とした。

「あ……っ！」

胃部を押さえて、前屈みになる。質量のある粘っこい汗が、額にぶわりと噴きだした。

「テオ⁉」

アントニーが立ち上がり、焦った様子でテオの背をさすった。

「胃が痛いの？　コーヒーのせいかな、すぐに病院へ……！」

「だいじょうぶ……」

今にもテオを抱えて病院に連れて行きそうなアントニーの腕を、テオはぐっと摑んで止めた。

「大丈夫、ほんとに……平気だから、病院はいい」

「でも……」

「アントニー……お願い」

それ以上は言えなかった。けれど絞りだしたテオの声音に懇願を感じ取ったのか、アントニーは迷いながらも、横に座り直して、テオの背をさするだけになった。

（一番近い病院は大学の病院だから……連れて行かれたら、フリッツに知られる……）

他の病院であっても、テオがケルドアの元公子でヴァイク家の庇護下にあることはそれなりに知られているから、医者のネットワークで連絡がいく可能性は否《いな》めない。

関係が混乱したままの状態で、フリッツがテオの不調にどう反応するかは分からない。今までのように心配して飛んで来てくれるのか、徹底的に無視をされるのか。どちらの対応をされても、テオはどんな顔をしてフリッツに向き合えばいいのか分からないし、感情的にならずに話せる自信もなかった。

——今は、会いたくない。

ただその一心だった。

胃痛はしばらくすると落ち着いたが、そのあとからぞくぞくと悪寒が止まらなくなった。

（……熱が出てる。アントニーがまた病院に行こうって言う前に、帰さないと……）

自分の状態を鑑《かんが》みて、そう判断する。

けれど、どうやって自分から引き離せばいいのか思いつかなかった。素直に熱が出そうだから帰ってくれと頼めば、また病院へ行こうと言われるかもしれない。

悶々と考えているうちに、寒気に襲われて、体が小刻みに震えだす。

「テオ？」

「……アントニーごめん、実は軽い風邪をひいてて……その、風邪薬と、水を買ってきてもらってもいい？」

医者には行きたくないから先手を打ってそう言うと、アントニーは弾かれたように立ち上がった。

「もちろん、すぐに行ってくるよ！　テオは休んでて、あ、ベッドに運ぼうか？」

「大丈夫……。ここで待ってるから……ありがとう」

とにかく、アントニーは一旦部屋から出て行ってくれた。バタバタと走りながら立ち去る気配に、そっと安堵しながら、自分も立ち上がろうとして――テオは目眩に襲われ、ソファに倒れた。

ソファのクッションに顔を伏せると、わずかに……本当にわずかに、フリッツの香りが残っている気がした。甘やかなフェロモンの香りは、バラのように爽やかで、なのに奥底に、シダーのような匂いが含まれている。深い森の中、雨上がりの木々から香る、湿った木肌のような香り……。

（他の誰からも感じたことがない……フリッツからしか、しない匂い……）

ヴァイク大公家の人々は、みんな同じ香りなのに。

フリッツからだけ、この森の匂いが感じられる……。

とろとろとした眠気で瞼が落ちてくるのに、抗《あらが》えない。意識がぼやけ、遠ざかっていく。

ダメだ、倒れたら病院に運ばれるかも。そう思って踏ん張ろうとするのに、あまりにも眠たくて、気がついたらそのまま、テオは気を失っていた。


夢を見ていた。

薄暗く冷たい、ケルドアの大公城。灰色の石造りの壁からは、ひたひたと孤独がにじみ出ている気がする……。

幼いテオは、そんな城の片隅《かたすみ》に隠れて、ふらふらと歩いていく白い影を見つめている。

怖い。怖いのに、眼が離せない。

影は一人の女だった。くしゃくしゃになった長い金髪。真っ白なネグリジェ。その服装に不釣り合いな、赤いヒールの靴。

女はふらつきながら、まるで夢遊病者のように城の回廊をさまよっている。不意に、彼女の腕からなにかがこぼれ落ち、テオの足下まで転がってきた。

テオはそっと、女の落とした物を取り上げる。それはボロボロの人形だった。

――『あの……』

勇気を出して、彷徨《ほうこう》する女に近づき、声をかけた。

――『落とし物です。……お母さま』

声が震えた。今日は、今日こそは、母は自分を思い出してくれるだろうか？　タランチュラでもなく、ハイクラスでもない子どもなど、『産んでいない』と言い張る母のことを——テオは、それでもまだ愛していた。

廊下で見かけると密やかに動向をうかがい、話しかける口実がないか、探してしまうくらいには……。

けれど振り向いた母、アリエナの表情は、ぞっとするほどに冷たい。

美しい緑の瞳は、冴え冴えと鋭《するど》く、その視線はテオを突き刺した。

——『なんですって？』

神経質に尖った声が、その唇から漏れる。

——『お母さま……？　お前、下等種の分際で、私をそう呼んだの……!?』

金切り声が聞こえた。許さない、という怒号。

テオは小さな体を突き飛ばされて、床に倒れていた。髪の毛を掴まれ、引きずられる。

激しい痛みが全身を襲った。右足の膝がすりむけて、血が出るのを見た。

傲慢な子ども、お前など産んでいないわ！

母が、そう叫んでいる。テオは泣きながら謝った。ごめんなさい、ごめんなさい、お母さま、ごめんなさい……。

どこか遠くから人の駆けつける足音がして、テオ、と呼ぶ声も聞こえた。

夢の中、映像は切り替わる。

ぼやけた視界が、徐々《じょじょ》にくっきりとしていく。

心配そうにテオを覗き込んでいるのは、月夜の雪原のような銀髪に、紺碧《こんぺき》の海のような青い瞳の人。

――『兄さま……』

いつの間にか、ベッドに寝かされていた。兄のシモンが、目を覚ましたテオにやっと安堵したかのように、震える息をついた。長い睫毛が、苦しげに揺れている。

……ああ、助かったのだ。母の狂気の元から、兄が助けてくれたのだ――と、テオは気がついた。

ホッとするべきところなのに、テオの胸には失意が広がっている。

やっぱり今日も、母に憎まれていたという失望が。

騒ぎを起こしてごめんなさいと、テオはそのとき謝罪したと思う。シモンは痛ましいものを見るようにテオを見つめ、お前のせいではない、と慰めてくれた。

テオはそれでも、自分が愚かだったからこんなことになったのだ、と分かっていた。

母が自分を愛していないこと、むしろ人生の汚点のように思っていることなど、とっくの昔に気づいていたのに――それでもまだ、完全に諦めきれていない。いつかは、テオを自分の子どもだと受け入れてくれるのではないか。そう思っている。

そんな浅はかな期待のせいで、兄にまで迷惑をかけてしまった……。

——お母さまは僕を好きじゃない。

そのことを、受け入れなければならない。何度となく繰り返した決意を、テオはまた自分に言い聞かせた。

慰めるように頭を撫でてくれるシモンに、テオはおずおずと訊いた。

——『……兄さまは、僕を好きでいてくれる？』

僕は兄さまが好きだから、兄さまも、僕を好き？

そう訊いた次の瞬間、テオは後悔した。シモンの動きが強ばり、その瞳に、苦渋の色が浮かんだからだ。

テオの頭を撫でていた手を下ろし、シモンはまるで、大きな罪を懺悔《ざんげ》するように顔を歪めて、囁《ささや》いた。

——『……お前は大切な弟だ。だが、すまない。私には……そもそも、好き、という感情がよく、分からない』

好きという気持ちが分からない。

そのことを、兄はこの上なく恥じているのかもしれない。

弟にさえ嘘がつけない兄のことを、テオはそのときわずかに、かわいそうに感じたから、傷ついたりはしなかった。

シモンがうなだれると、銀糸のような髪の毛がさらさらとこぼれ、それは窓辺から差し込んでくる淡い陽光を反射し、兄の姿は神々《こうごう》しくも、きらめいて見えた。

けれどその輝かしさは、シモンの苦しみを一層引き立てているだけだった。

陰鬱《いんうつ》な城の中で、兄だけが光をまとっている。そばにいると、その光に照らされて、テオは自分と兄が一緒くたになり、そうしてこの世界からつまみ出された、異質なものであるかのように感じた。

独りぼっちの兄と、独りぼっちのテオが、寄り添って二人きり、取り残されている。

そんな気がした。

……僕はなんてばかなんだろ。兄さまは、僕より悲しいはずなのに……。

安易《あんい》に、愛の言葉をねだったことを恥じるのと同時に、シモンですらテオを好きだと言えないくらい、自分にとって愛の言葉をほしがることは過ぎた贅沢なのだと……小さな頭の隅っこで、うっすらと理解した。

夢の中、その悲しみからテオを引き上げてくれたのは「なんでだよ」と笑う明るい声だった。

――いつの間にかまた、夢の映像が切り替わっている。

窓から差し込む昼の日差しの中、部屋を訪れたまだ若いフリッツが、テオのベッドサイドに座って治療道具を取り出している。

床を引きずられたときにできたテオの擦り傷を、フリッツは消毒し、ガーゼをあててくれた。

──『シモンはお前を好きだろ。どう見たってそうだ。単にその言葉の使い方を知らないだけさ』

あまりにも簡単に、ごく当然のように「好き」と言うフリッツに、幼いテオは涙目になっている。

時々城にやってくる兄の友人。

明るくて気さくなこの医者は、テオのところにも頻繁に顔を見せてくれた。

古い城の中に、フリッツは時折吹いてくる新しい風のようだった。自由で、気ままで、優しくて。古びた窓の向こうから、フリッツはいつも新鮮なものをまとわせてやってくる。

──『誰にも愛されてないなんて、考えなくていい。……第一、俺はお前が大好きだよ、テオ』

その言葉に、こらえていた涙がぽろりとこぼれた。

──『ほんとう？』

──『本当だよ。テオ、大好きだ』

手当の間中、フリッツはテオに好きだと言った。お前は可愛いし、賢いし、優しいし、好きなところしかないと褒めてくれた。嘘だとしても嬉しかった。

それはテオが生まれて初めて与えられた、はっきりとした『好き』だったから……。

――『いつか世界中の人間が、お前を好きになる。俺の予言は当たるぞ。だからお前は、お前が好きなもののことだけ考えていればいい』

そう言いながら、フリッツは膝に貼ったガーゼに、油性マジックで黒い四角形を三つ描いた。

――『なあに、これ？』

首をかしげると、早く治るおまじないだと笑った。

――『お前の好きなものだよ。チョコレート』

ただの黒い四角でしかないそれも、幼いテオにはそう言われるとたしかに、たまにしか食べられない甘いチョコレートに見えた。

――『三つもある！』

――『たくさんあるともっと嬉しいだろ？　ケガが治ったら、俺がとっておきのチョコレートを買ってきてやる』

――『チョコレート・チョコレート・チョコレートだ！』

涙が引っ込んだ。嬉しくなってそう叫ぶと、フリッツはあはは、と声をあげて笑った。

――『テオ、次に来たときは俺が、チョコレート・チョコレート・チョコレートをプレゼントしてやる。だから、ちゃんと覚えておくんだぞ』

フリッツはテオの小さな体を抱きかかえると、優しく背中を叩いてくれた。兄と同じように大きな体、けれど兄とは違う香りのする体にしがみつき、テオはその温《ぬく》もりを心底安心しながら受け取った。

この愛情は――贅沢すぎるものだけれど、きちんとテオのために差し出されたものだから……だから、受け取っていいと思えた。

――『お前を好きな人間はちゃんといるし、大きくなったら、もっと増える。だからなんにも心配しなくていい……』

――お前は世界で一番、美しいんだから……。

言い聞かせてくれるフリッツの声が、子守歌のようだった。

ささくれ立ち、傷ついていた心が穏やかになっていくのを感じながら、幼いテオは眼を閉じた。

フリッツの腕の中には、なんの心配事もなかった。

冷たい城に放り出されたら、またしても「いらない子」のテオに戻るとしても――今この瞬間は、フリッツが言うように、世界中から愛される価値があるような……。

誰よりも愛されて当然の、そんな存在になったような。

優しい錯覚を感じられて、テオはその広い胸に頭を預けたまま、幸せな眠りに誘い込まれていった。

眼を覚ましたとき、テオは自宅の寝室にいた。

窓の外は暗く、ベッドサイドにはランプの灯りが点っている。雨音はしなかった。枕元の時計が時を刻む、秒針の音だけが部屋に響いており、テオの目尻からは一筋、夢を見てこぼした涙が肌を伝っていた。

胸の奥にしまったままの、子どものころの記憶が、目覚めた今も鮮明に残っていた。

母に拒絶され、兄を困らせていたあのころ……フリッツだけが真っ直ぐに、テオに愛情を与えてくれた。

幼かったテオにとって、フリッツは生きるよすがの一つだった。

どれほどフリッツに救われたか知れない。それは今の今までも同じだった。フリッツはテオにとって、ずっと生きるよすがそのものだった。

――幸せになるための、第一条件、けっしてはずせない存在だった。

(でももう……離れたほうが、いいんだよね……?)

たぶん、そのほうがいい。少なくとも自分が、フリッツへの気持ちを諦められるまでは。

どうしてフリッツがテオと恋人になれないのかは分からない。テオのことを恋愛対象に見られない、というのなら納得するが、見られるのに受け入れられないと言われてしまうと、どうして、と叫びたくなる。

フリッツの言い分を知りたいが、きっと話してくれないだろう。

（だけどあのフリッツが、僕を苦しめたいと思うわけがない……）

冷たくしようと振る舞っているときでさえ、テオが己を卑下するような言葉を使うと、慌ててそうではないと言ってくれるのがフリッツだ。

テオを受け入れられない理由は、意地の悪いものでは絶対にない。きっと、のっぴきならない事情があるのだろう。

テオには想像もつかないが、どうしても超えられない一線がフリッツの中にあって、どうしてもテオに話したくないから話せないのだと、そう理解するしかなかった。

フリッツの優しさを誰より知っているからこそ、フリッツをなじり、責めて、恨みたくない。もう十分すぎるほど、自分はフリッツから愛情を受けとってきたのだから。

（……忘れるしかないんだ）

テオはそう、頭で納得していた。

受け取った愛情をすべて返すことはできないけれど、せめてフリッツが望むとおり、忘れることだけが幼いころから受けてきた恩に報いることかもしれないとすら、考える。

額に手を当ててみる。まだ少し熱っぽく感じるけれど、思考はすっきりとしていた。起き上がると同時に、寝室の扉が開き、氷嚢《ひょうのう》を持ったアントニーが入ってきた。

ベッドの上に座っているテオを見て、「あ、気がついた？」と慌てて近づいてくる。

「……ベッドに運んでくれたんだね、ありがとう」

「ソファだと治りが悪いんじゃないかと思って……勝手に寝室に入ってごめん」

アントニーはあたふたとした様子で、テオに水やら薬やらを勧めてくれた。ベッドの上にいるテオを直視できないのか、微妙に視線を逸らしている。

テオは渡された薬を飲み終えると――「アントニー」と、少し改まって声をかけた。

「……きみが教えてくれた研究室に、連絡を入れてみようと思う。……卒業前に、もし可能なら見学に行きたいって……伝えてみるつもり」

アントニーは一瞬固まったけれど、すぐに満面の笑みを浮かべた。いいと思う、僕もそうしようかな、君が乗り気になってくれて嬉しいよ――興奮したように告げられる言葉に、テオは笑顔を浮かべた。

――とにかく、どんな理由でもいい。

フリッツから、物理的に離れることに意味がある。何ヶ月、何年、何十年、もしかしたら人生すべてを使わなければ無理かもしれないが……。

（……フリッツへの気持ちを、終わりにしよう）

心密かに、テオはそう決めたのだった。

六

——恋とは、それほどまでに人生に、必要なものだろうか？

「生物学的な見地からすると、求愛行動はそも、繁殖活動に繋がるもの。ところが実際に古今東西の恋愛詩歌なんかをあたると、必ずしもそうじゃないんだから不思議だよ。これは脳の引き起こすバグなのか、それとも思考能力の発達により、肉体的快楽以上の精神的快楽が人類にもたらされた結果なのか……、いや、そうなると動物の中にも繁殖につながらない愛情表現をするケースが説明できない」

「……人間以外の動物が、精神的快楽を得ない、という前提は暴論にならない？」

「言えてるな、そもそも精神的快楽とはなにか、定義づけるところから始めないと議論にならない。それすらも、ホルモンのバランスによって変化が起きると思えば……」

昼時の研究室で、メーレンにいくつかの報告を終えたテオは、チームメンバーにピザを差し入れた。彼らは喜んで集まり、誰かが「デートに失敗した」と話しはじめたことで、恋愛は人生においてなんの意味があるのか、というくだらない議論が始まった。

テオはそれらを聞き流しながら、いまだにフリッツを思い出すと、ぎゅっと締め付けられる胸の痛みを感じていた。

ピザを差し入れしたのは、テオが三日後にはオーストラリアに発ってしまうからだった。アントニーに勧められていた染色体制御の研究室に連絡を入れたのは、フリッツに失恋して寝込んでから、すぐのことだ。

テオはいくらアントニーから「所長がきみに興味を持ってる」と言われていても半信半疑だったのだが、意外にも送ったメールへの返事はすぐにきた。

所長のクロイサーはテオの論文を褒めてくれ、ぜひ一緒に研究がしたいと言ってくれた。一年間、研究所に籍を置いてからマスタープログラムを受けてはどうかとも打診《だしん》してくれたし、ポスドクまでの期間をラボで過ごし、いずれは独立の手助けをしようという寛大な誘い文句まで用意してくれていた。

テオは今後のことはこれから考える予定だけれど、ひとまず卒業前にラボの見学は可能かと訊いてみた。

研究に興味があるからではなく、手っ取り早くヴァイクを離れるための口実なのが申し訳なかったが、他にあてもなかったので仕方がない。

なにも知らないクロイサーは快諾《かいだく》してくれたばかりか、雇用契約を結ぶにしろ結ばないにしろ、卒業までは使ってくれていいとラボの寮を貸してくれるという。名目は短期研修として、研究のアシストをすることを条件に、食事までつくそうだ。

思いもよらぬほど破格《はかく》の待遇だった。まだ何者でもない自分に、どうしてそこまでよくしてくれるのかと戸惑ったほどだが、「こっちは寮も大きくてねえ、部屋だけは余ってるし、大学近辺はそれほど面白いものもない片田舎なんだ」と、所長は電話の向こうで苦笑していた。

メーレンも好きにしていいと許可してくれたので、卒業式までのおよそ一ヶ月を、オーストラリアで過ごす段取りが呆気なくついてしまった。便乗して、アントニーもついてくると言う。テオと同じ寮で寝泊まりする許可も得たらしい。

こうなると、テオにとっての障害は養父母くらいだ。お茶会に招待してくれていた義姉たちには、進路のために海外に行くことになったと話すと、「じゃあ帰って来たらまた集まりましょう」と言われただけで済んだ。

ケルドアにいる家族たちにも、「もし本当に契約するなら、その前に少しは帰ってきてほしい」と言われただけで、特に反対されなかった。

本当なら、六月と七月で目一杯一緒に過ごす予定だった養父母は——もちろん、残念がったけれど、テオが決めたことなら……と理解してくれた。

「卒業式には帰ってくるのよね？　なら、少しの間待つのは平気よ」

戻ってきたら、数日は家で過ごしてほしいと言う養母に、もちろんです、と約束している間——テオは、フリッツに自分の気持ちを伝えたこと、けれど拒まれたことを話すべきか迷ったけれど、結局今は言うべきではないと判断して言わなかった。もしこの流れでその事実を告げれば、テオが急いでオーストラリアに行く理由がフリッツだとバレてしまい、養父母にいらぬ気配りをさせてしまいそうだった。

航空券や電子渡航許可証を手配し、荷造りをして、ほとんどの準備が整った。研究所と雇用契約を結ぶにしても、一度はヴァイクに帰ってくるので、今借りている部屋はそのまま、家賃を早めに支払っておいた。

そうしてテオは、一ヶ月早くお別れする大学の研究室に、ピザを差し入れたのだった。

「三日後に発つって？　まあ早まるんじゃない。とりあえず一ヶ月見学したあとは、また戻ってこい」

「そうよ、もうすぐ論文を書く予定なの。テオにも手伝ってもらいたいんだから」

研究室のメンバーは、テオが海外で腰を据えるとは思っていないらしく、戻ってくるのを前提に話していた。誰もが、テオはこのあとヴァイク国立大学でマスターとドクターの過程を経て、いつかは独立ポジションで修了するものだと考えている様子だ。たしかに、研究者の道としては、それが華やかで、ある意味普通だろう。

（……やっぱりヴァイクのハイクラス出身者って、ロウクラスのことをよく知らないんだな）

テオは内心でつい、そう思って苦笑してしまう。

大学や研究機関から、予算をもらって身を立てるにはそれなりの成果が必要だ。ましてや大きなラボや研究チームを率いるとなると、かなり選ばれた存在と言える。

さすがにそれほどの能力は備わっていないとテオは自分を俯瞰《ふかん》していた。これは卑屈になっているわけではなく、客観的な評価だ。ハイクラスばかりの中で、テオが高い成績を維持するためには血を吐くような努力が必要だが、逆にハイクラスの彼らはそれほど苦労せずに研究を続けている。肉体的にも恵まれているから、研究に伴う徹夜などでも、テオよりずっと優位なのだ。

（僕は半独立でも構わない……なんならチームの一員でいい……）

自分の稼いだ金で生活できれば十分。

自身の研究は細々と続けるだろうが、義兄の葵《あおい》の命がそれほどの脅威《きょうい》にさらされていない今は、それもほとんど趣味の領域だった。

もっともそんな本音を言うと、志が低いと思われそうだから、テオは口を閉ざしていた。

「そういえば、アントニーもお前と一緒に行くんだろ？」

先輩研究員のエディが、いつの間にかエールの蓋を開けながら言う。エディ、まだ昼よ、と誰かが注意したが、「もう今日、俺のノルマは終わってんだ」と返してエディはエールをあおった。

「同じ大学内の研究室なので、アントニーも見学しに行くって。彼は契約が決まってるので、僕より少し遅れて来て、そのまま籍を置くみたいです」

「まあアントニーは、マスタープログラムもあっちで受けるみたいだし、妥当よね」

エディに注意していた女性研究員が肩をすくめる。

「テオ、あいつはお前と行けるって相当浮かれてたからな。一応釘《くぎ》刺しておくけど、あんな分かりやすいアプローチ、無視してやるなよ」

「……」

エディがニヤニヤと言ってくるのに、テオはどう答えたものか口をつぐんでしまった。鈍感なふりをすることもできずに黙っていると、「やめなさいよ」と女性研究員がしかめ面になった。

「仕事は仕事。トニーの気持ちとは関係ないわ。テオ、気にしないでいいわよ」

「そういうわけにいくか？　好きな相手に仕事先を紹介して、相手が仕事だけ受け入れて自分はダメって……マナーってものがあるだろ」

「研究所の所長がテオを誘ってくれたのは、トニーがテオを好きだからじゃないわ。テオの論文が素晴らしかったからよ。はき違えるのはおかしい。テオ、こんなバカの言うことなんか忘れなさい」

テオは力なく笑うだけにしておいた。なにをどう答えても、アントニーに対して失礼な気がしたからだ。

（……フリッツから離れたくてオーストラリア行きを決めたけど、アントニーのこともある。特になにも言われてないけど、彼の気持ちについては少し考えないとな）

とはいえ今の自分には、そんな余裕すらなかった。すべては一度ヴァイクを離れてからだと、テオは思考を棚上げした。


夕方を過ぎ、あたりが暗くなりはじめてから研究室を出て、一人部屋へ帰る道は静かで、人っ子一人通っていなかった。

大学周辺はもともと閑静な住宅街で、首都でも外れの方なので、常に人気《ひとけ》が少ない。

（夕飯どうしよう……繁華街まで出て、なにかテイクアウトするのも面倒だな）

近所の店は閉まるのが早いし、食べたいと思うほどのものがない。賑やかな中心地に行くとなるとトラムに乗る必要があり、少し面倒だった。差し入れしたピザに手をつけられなかったので、それなりに空腹だ。

知らず、深い息が漏れた。思い立ってからすぐに行動したおかげか、フリッツに拒絶された日からわずか十日ばかりで、海外に逃げる算段が付いてしまった。

（……恋愛する意味、か）

今日、研究室のメンバーがしていた議論を思い出す。すると脳裏にフリッツの顔がちらついて、テオは息苦しくなった。

恋人にはなれない。そう言い渡したときの、フリッツの無表情、感情をそぎ落とした冷たい眼差しが、テオの心を苦しめる。

頭をかきむしり、どうして、どうして愛しているのに、受け入れてくれないんだ、と叫びたい気持ちが胸の奥に燻っている。ただ理性で、それを抑え込んでいるだけだった。

選ばれなかった、どれほど努力しても自分ではダメだったという絶望は、テオの自尊心を深く傷つける。思い出すたびに息苦しくなり、今までの人生も、自分という存在も、まるごと無価値に思えてくる。

（あんまり考えたらダメだ）

深刻な傷は、引きずりすぎると嫉妬や怒りに変わってしまうから、テオはなるべくフリッツのことを思い出さないように気をつけていた。

アパートの前で、テオはふと足を止めた。建物の前に、見覚えのある車が停まっていた。

心臓が大きく跳ね、いやな予感がした。額に、じわっと汗がにじむ。

「テオ」

西に沈みかける日差しの中、車にもたれていた影が動く。

そこには、心配そうな、それでいてどこか怒りを抑え込んだような表情で立つ、フリッツがいた。

「フリッツ……」

テオは思わず、呟いた。けれどその声は小さく、迫ってくる薄闇にまぎれて消えていくように思えた。

フリッツの研究室で言い争い、決裂してから十日、フリッツの姿を見たのは初めてだ。しばらく顔を合わせなかっただけ。これまでに、フリッツに会えない期間が十日どころか、数ヶ月続いたことだってザラにあった。なのに、今は一年も二年も会っていなかったかのように、フリッツを懐かしく感じた。

胸に湧き上がってくる強烈な感情。

駆け寄って、その体に抱きつき、もう一度愛を叫びたい気持ち。しがみついて駄々をこね、お願いだから受け入れてと懇願したい欲望を、テオは全身に力を入れて抑え込んだ。

――僕を見て。僕を愛して……どうして、愛し合ったらいけないの？

子どものようにわめきたくなる。

テオはその衝動を情けなく感じて、唇を噛みしめた。

低くなった西日に、フリッツの髪がきらめいている。赤い瞳は心配そうに、そしてどこか狼狽えたように、テオを見つめていた。わずかに見える金色の瞳孔が、今日は不安のせいか、いつもより小さく見えた。

「……どうしてここに」

来たの、と言おうとして、テオはやめた。

フリッツに、訊くまでもなかったからだ。

「――メーレンに聞いたんだ。お前が数日前まで、体調を崩してたって……」

フリッツが近寄ってくる。ややうつむかせた視界が、大きな影に遮《さえぎ》られて、テオは顔をあげた。

心配そうに瞳を揺らしたフリッツが、大きな手でテオの頬を撫でた。慎重に、確認するような手つきだった。その仕草の優しさが、あまりにも懐かしく恋しくて、泣きたくなる。

「もう……平気なのか？」

鼻の奥が、つんと痺れる。大きな手のひらに頬を擦りつけたくなる自分を、テオは心の中で叱咤《しった》した。頬の手を振り払って、アパートに向かって歩き出す。フリッツが、追いかけてくる気配を感じる。

「メーレンが言っていた、お前が……オーストラリアに短期研修に行くと……」

「……それがどうかした？」

テオは努めて冷静に返したけれど、心臓はどくどくといやな音をたてていた。指先が震えていて、それが惨めでぎゅっと拳を作る。

フリッツは慌てたようにテオの前に回ってきて、道を塞いだ。

「フォルケ家の次男も一緒に行くんだろう？　分かってるのか、あいつはお前に下心があるんだぞ。紹介を受けた場所で働いたら、のちのち面倒なことになる」

「だから反対しに来たの？　……仕事とプライベートくらい、アントニーだって分けて考えてくれる」

「分けられても、気まずい気持ちがないわけじゃないだろ、それに――」

「……」

どうしてこんなことするの、とテオは言いたかったけれど、理由などとっくに分かっている。

あまりにも小さなころから、フリッツのそばにいた。フリッツの性格、考え方、行動のほとんどを、テオは予測できる。分からないのは、テオを愛していると言いながら、恋人になれないという理由くらいだった。

（……結局、フリッツはただ、僕が心配なんだ）

フリッツはテオを突き放しきることができないのだ。どれだけ強く拒絶しても、テオが具合が悪いと知れば駆けつけてしまう。

悪人になりきれないフリッツは、優しいのだろうか？

この場合は、よく分からない。例えば兄のシモンは、どれだけ愛していても、ともにいることで相手を傷つけると思ったら、どこまでも激しく相手を遠ざけられる人だった。

事実、シモンは今の伴侶である葵を、手ひどく拒絶した過去がある。理由は葵が、母に殺されないためにだった。

シモンのあのときの行動は、はたから見れば冷淡だけれど、よくよく考えると優しさでもあった。

そしてフリッツは、兄のように冷淡にはなりきれない。

フリッツがテオを放っておけないのも、心配なのも、愛情からくるものだと分かっている。けれどそれならどうして、自分たちは愛し合えないのかとなじりたくなる。どれだけテオが怒っても、フリッツは考えを変える気はないだろうに。

「フリッツは、僕を無視しなきゃいけなかったでしょ……」

気がつくと、震えながら言っていた。フリッツは虚を衝《つ》かれたように、びくりと体を揺らした。

「……僕とは恋人になれない。愛を受け取れない。部屋を出たら、フリッツの愛情は忘れるようにって、そう言ったよね？　あんなふうに拒むなら——今だって、僕を無視しなきゃいけないだろ！」

下手な同情をしてはならない。テオを遠ざけるなら、もっと徹底するべきだ。

胃の腑が焼けるように熱くなる。怒りが、ふつふつとこみ上げてくる。

睨み付けると、フリッツはたじろいだように身じろぎした。

「僕に諦めてほしいなら、心配なんかしないで……！」

「……テオ」

　フリッツは苦しそうに眉根を寄せたけれど、横をすり抜けようとするテオの手首を、ぐっと摑んできた。テオはカッとなって、振り払おうとした。けれどフリッツの手の力は思った以上に強くて、ほどけない。

「分かってる、身勝手な行動だと。でも、オーストラリアに行くのは、俺が理由だろう？　それを知ってて見過ごすことはできない」

　──俺を理由に、進路を決めてはいけない。

　フリッツは諭《さと》すように、テオを見つめ、一語一語を丁寧に発した。

「俺から離れたいから行くと言うなら、俺がヴァイクを出る。お前の眼につかない場所で過ごすから、進路は慎重に考えてくれ」

「……っ、どっちだって同じでしょ⁉」

　テオはフリッツの言い分に苛立《いらだ》って、叫んでいた。

「ヴァイクを離れてほしいなんて思ってない！　短期研修に行くくらいのことで、そんなに騒ぐことなの？　もし契約しても、一年で切れる雇用だよ、フリッツになにか言われるほどのことじゃない！」

「二十歳の一年は長いだろうが！」

釣られたように、フリッツの声も大きくなる。テオの手首を掴む手に、力が入っているのが分かる。

「最初に話をもらったときは、乗り気じゃなさそうだっただろ。なのに行くのは俺が原因だ。消極的選択をしてほしくないってのは、おかしな言い分か？」

「……僕が唯一、積極的に望んだのはフリッツの特別になることだった！　でもそれが無理なら、どんな選択をしても同じなんだってどうして分からないの……⁉」

フリッツがハッとしたように、眼を見張る。赤い瞳を睨み付けると、ぐっと胸が締め付けられて、痛む。じわじわと涙が迫り上がってくるのが、とてつもなく忌々《いまいま》しい。

こんなふうに弱りたくない。そう思うのに、気持ちが溢れてくる。

「僕は……僕が愛してる人と、家族になりたかった。……それ以外に大きな望みなんてない。それって、変なの？」

――栄誉も、名声も、立場もいらない。

溢れかえるほどの富も望まない。

ほしいのはただ、お互いを唯一だと思って愛し合える人との、穏やかな日常だ。

生活に困らず、誰かの役に立てたらいいなと思えるような仕事をして、家に帰る。愛する人と食事をして、その日あったささやかな出来事を共有し、眠りにつく。そしておはようと挨拶を交わしながら眼を覚まし、また似たような一日を送る。

腹の底から激しく湧き上がるほどに強い本能で、テオはその何気ない幸福を欲している。

――ほしい、ほしい、あの幸せがほしい。

絵に描いたような平凡な日々が、たとえどんなに辛いことがあっても、自分には帰る場所があり、待ってくれている人がいると思える、それだけの日々がほしい。

みんなが当たり前に手にしてきただろう、けれどテオは人生で一度も手に入れたことのないもの、温かな、自分だけの「家庭」がほしい――。

――そしてその相手は、フリッツがいい……。

（でも手に入らない、入らないんだ！　一番、一番ほしいものなのに！）

絶望が心を染めて、怒りに目眩がする。

幼いころから、ずっと我慢してきた。

周りの人の幸せのために、多くのものを諦めてきた。実の兄と離れて暮らし、養父母にとって煩《わずら》わしくないよう振る舞い、できるだけ笑顔でいようと努めてきた。

その選択に後悔はない。けれどこれだけ我慢をしても、この世界でただ一つ望んだものだけは与えてもらえないという残酷さに、世の中を恨みたくなる。

どうして？　そんなに大きなものじゃないはず。フリッツだって、僕を愛しているのに？

それじゃあテオの望みが叶わないのは、世の中が悪いわけじゃなく、フリッツが悪いのか？　愛していると言いながら、なぜか受け入れてくれないフリッツが……。

「フリッツのこと、憎みたくないんだよ……っ！」

テオは怒鳴っていた。手首を摑んでいたフリッツの手が、緩む。

「僕の……一番のお願いをきいてくれなかったって、恨みたくない！　ずっと優しくしてくれたのに……その思い出までなくしたくないから……」

だから、構わないでほしい。

冷たくしてほしい。

テオのことなんて、忘れたふりをしていてほしい。優しくされると、望みそうになるから。

「……俺は、保護者としての立場も失ったってことか？」

フリッツが、苦々しく訊いてくる。

「恋人になれなくても……俺はお前の家族だろ。それは変わらない」

「……僕はその家族と、キスをしたいしセックスもしたいんだ」

吐き出した途端に、フリッツが言葉を失って、テオの手首をとうとう離した。頭の片隅に、幻滅されたかな、という後悔が走った。

けれどすべて本当のことだから、悔やんだところで仕方がなかった。

「僕と一生一緒にいてくれないのなら、愛してるって言わせてくれないなら……せめて、僕がフリッツを諦めるのを邪魔しないで」

言い切ると、今度はなにも言い返されなかった。その場に立ち尽くしているフリッツを後目に、テオは急いで建物に入り、古びた階段を駆け上がった。

自分の部屋に飛び込み、玄関の扉を閉めた瞬間、膝から力が抜けてその場に座り込む。

心臓は逸り、全身がじっとりと汗ばんでいた。

（……フリッツ、追いかけて、こない）

耳を澄ましても、階段をあがってくる足音はしない。

それればかりかややあって、車の発進する音が聞こえた。きっと、諦めて帰ったのだろうと分かった。

そのことに安堵するはずが──テオは苦しくなり、嗚咽《おえつ》を漏らして泣いていた。

──なにを泣いているんだ、ばかみたい。

そう思うのに、自分が深く傷ついているのを、無視できない。本当は追いかけてきてほしかったし、扉を開けて抱きしめてほしかった。そして、言ってほしかった。

──テオ、悪かった。お前の気持ちを受け入れるよ。

互いに愛し合おう、一緒に生きて行こうと言ってほしかったのだ。

（フリッツは……僕をどれだけ心配しても、最後のその願いは叶える気がないんだ）

これほど伝えても受け入れてくれないのだから、きっと一生、テオの望みは叶わない。

この期《ご》に及《およ》んでまだ、期待を捨て切れていなかった自分が滑稽だった。フリッツへの気持ちを忘れるだなんて、とても想像がつかない。

その場にうずくまって泣きながら、それでもテオは、自分にやれることを探すしかなかった。このまま消えられたなら楽だが、テオはまだ生きている。

（幸せじゃなくてもいいけど、不幸には、なっちゃいけない……）

テオが不幸だと、悲しむ人たちがいる。

――その人たちは、テオが不幸でさえなければ、きっと幸せだと勘違いしてくれる。

テオの完璧な幸せは消えてしまった。

フリッツと何気ない日常をともにすごすというだけの、幸せ。

それなら、次は完璧じゃなくても、それなりの幸せを探さなければならない。テオを愛してくれている人たちの、幸福を邪魔しないために。

問題は、それがどこにあって、どんなものなのか、テオ自身なにひとつ分かっていないし――見つかるのかすら、まるで見当がつかないということだった。

七

「テオ、前提条件のデータ解析をしてくれたの？　給与もないんだから、徹夜しなくていいって言ったのに、きみは働き者だな」

まだ四十路後半という若さで、この研究所の所長を務めているクロイサーが、苦笑まじりに、けれど嬉しそうに話しかけてくる。ハイクラス出身だという彼は、背が高く、褐色の肌に、きらきらと光る少年のような眼をしており、いつも陽気で明るかった。

クロイサーの手には、つい先ほど、テオが提出したゲノム図と解析データがある。どうやらそれなりに役立ったようで、テオは内心ホッとしていた。

「いえ……簡単なデータでも、なにか作業をしているほうが気楽なので、やらせてください」

なるべく軽い口調で言って、にっこりと笑う。

思い悩んでいることなどなにもない、平凡な一研究者に見えるように。

——六月初旬。

テオがこの研究所に短期研修という名目で籍を置いてから、もうすぐ一ヶ月がすぎようとしていた。

オーストラリアの大きな都市を本拠地とする大学の、郊外に位置する第三キャンパス。生化学研究棟はその中でもさらに端に建てられていた。

北半球と違い、南半球に位置するので六月とはいえ季節は冬だ。テオもセーターにコートは欠かしていない。

第三キャンパスからは、トラムに乗ればすぐビルや商業施設の建ち並ぶ都市部に入れるが、徒歩圏内はのどかな場所だった。

テオに用意された寮というのは研究所に併設されたアパートで、たしかに部屋はかなり余っていた。飲食店や売店から遠いために不人気で、長く籍を置いている研究員は都市部から通っているらしい。

テオは三食をキャンパス内の学食で食べ、それ以外は研究所でささやかな手伝いをしながら過ごしていた。休みの日も、なんだかんだと論文を読んだりしているので、せっかく海外まで来たというのに遊んでいない。そもそもこの二十年、遊びらしい遊びをしてきていないので、遊び方が分からない……というのもあった。

現在研究チームがメインで手がけているのは、マウスを使った遺伝子発現の制御機構の分析だった。チームは前提論文を二年前に発表しており、継続調査を行っている。

テオは二年前に得られた結果を再現し、データに誤りがないかチェックしていた。マウスの精巣内の変化を観測しなければならないため、一度始めると何度か徹夜を余儀《よぎ》なくされる。

とはいえ、それはちっとも苦ではない——解析手順に慣れていれば誰でもできるような作業かもしれないが、役に立てるなら十分嬉しいし、なによりフリッツのことを、なるべく考えずにすむのだ。

テオがここへやって来た第一の目的、それはフリッツから距離をとることと、そうやってフリッツへの想いを断ち切ることだった。

一ヶ月が経過してもまだ、その成果ははっきりと現れていなかったが。

「再来週には帰国ね、テオ。九月にはまた戻って来てくれるんでしょ？」

研究員の一人であるリサが、気さくに声をかけてくる。クロイサーは、こらこらとリサをたしなめた。

「リサ、テオを焦らせないでくれ。急かしすぎて逃げられたら困るだろ。だけどテオ、期待してるからね。九月にはマスターコースの募集も始まる。推薦文は私も書くよ。ドクターまでうちで受けて、ラボに残ってほしいと思ってることは伝えておくよ」

「……ありがとうございます」

クロイサーはいい上司だった。

テオのわずかな手伝いにも喜んでくれるし、公平で対等だった。大学は生化学分野ができてからまだ日が浅く、いい人材は欧米に流れてしまうと愚痴っていて、テオを取り込みたいのだと真正面から言ってきたりする、正直な人でもある。

研究所もまだ新しいため、建物自体、広々としていて気持ちがいいし、適切な給与を得ているからか、のんびりとしたオーストラリアの生活のおかげか、十一人いる研究員たちもみな親切だった。

こちらでは、ロウクラスもそう珍しくない。同じ所内にも数人のロウクラスが在籍していて、テオは特別「小さくか弱げ」な存在ではなくなった。ケルドアという国もヴァイクという国も、オーストラリアからすれば聞いたことがないような小国なので、そこでの身分を気にされることも当然なかった。

「テオは卒業式に一度帰るんだっけ。僕は教授に話して欠席扱いを認められたんだ。早いけど、七月からここの研究所と契約することになった」

その日の昼、いつもどおり学食でアントニーと落ち合うと、軽い雑談のあとにそんなふうに報告された。

就労ビザを取得する関係で、テオより二週間遅れてこの研究所へやってきたアントニーは、卒業の手配を済ませてから来たらしく、「研修」ではなく、現在はインターンシップの名目で働き始めている。月をまたいだら、そのまま雇用契約をするそうだ。

「アントニーはここの研究所、すごく気に入ってるもんね」

「そりゃそうだよ、誰もフォルケ家がどうだなんて言わないからね。社交界がないだけですごく楽だよ！」

大きく切ったステーキを頬張りながら、アントニーは明るく笑っている。彼は心なしか、ヴァイクにいたころよりも溌剌《はつらつ》として見える。あちらでは一緒に食事をしていても、アントニーは行儀良く、物静かな声音で喋っていたのに、オーストラリアに来てからは、大口を開けてステーキを食べるし、学食内の誰かに声を聞かれても気にしていないようで、はきはきと話していた。

（ヴァイクは緩い国だけど、やっぱりアントニーでも、家名は気にしてたんだな……）

テオは世の中からはいないもののように扱われている貴族なので、アントニーほど周りの眼を気にしてこなかった。フリッツはどうだろう？　と自然と連想してしまい、すぐにテオは自分にがっかりした。

（また、フリッツのこと考えてる）

この一ヶ月、テオはヴァイクから遠く離れているにもかかわらず、油断しているとすぐにフリッツのことを思い浮かべてしまっていた。

（もう再来週には帰国するのに……これじゃ、離れた意味がないじゃないか）

もっともたかだか一ヶ月ごときで、忘れられるような想いではないからこそ、苦悩しているのだから仕方がないかもしれないけれど。

そんなことを思うと、茫洋《ぼうよう》とした不安感に襲われてしまう。この先何年、何十年、自分は叶わないフリッツへの想いを抱えたまま過ごすのだろうと。

その虚無感《きょむかん》は、明るいオーストラリアの日差しの中でさえ、あまりにも自然にテオの心へ入り込んでくる。テオはそのたび、その感情について考えないようにした。

深く考えると、ただただ落ち込んでいくからだ。

「……ヴァイクの社交界、僕は年に一度くらいしか顔を出さなかったけど、きみの家は爵位が高かったね。たしかにそれなら面倒かも」

フリッツのことを忘れようと、話題を繋ぐ。踏み込んだことを話したけれど、アントニーは気軽に答えてくれた。

「まあ、大学には同じ貴族の子どももいたから、ちょっと緊張はしてたね。テオは、息が詰まったりしないの？」

テオは小さく笑うだけで返した。

テオも一応は貴族。重要なパーティなどにはたまに出席していた。大体は、チャリティが目的のものだ。

とはいえテオは社交界では、存在感がなかったのでさほど苦労したことはない。

アントニーの実家は事業で成功を収めており、資産家なので、群がってくる人も多いのかもしれない。テオが知る限り、アントニーは金を稼ぐことに興味のない、研究に没頭したいだけの典型的な研究者タイプなので、そういう関わりは煩わしかったのだろうと予測できる。

（分かっていたけど、僕がいたところって狭い社会だったんだな……）

午後の太陽が差し込む広い学食をぐるりと見渡すと、ハイクラス、ロウクラスだけではなく、様々な人種がごった返している。

以前リサに、ケルドアやヴァイクはほとんど単一民族で構成されていて、人口の九割八割がタランチュラ出身者だと話したら、しばらく信じてもらえなかった。

――『ちょっと！　タランチュラってハイクラスの中でも超上位種よ？　一つの国にそんなに集中してるなんてこと、あるわけないわ！』

そう言って否定されたものの、結局ネットで調べたリサが、テオの言葉が真実だと知り、仰天していた。そのくらい、あの二つの国は異様だったのだと、国を出たあとなら分かる。

実際タランチュラ出身というだけで、アントニーはこの国で珍しがられるらしい。ハイクラスが大勢いる研究所内でも、タランチュラ出身者はそう多くない。

「僕……ヴァイクではそこまでモテなかったんだけど、こっちだとタランチュラ出身ってだけで女の子が声かけてくれて……」

食事も終わりかけるころ、話の流れでアントニーがそんなことを言った。嬉しそう、というわけではなく、どちらかというとうんざりした様子だった。

「そんなことでモテるんだ？　と思うとちょっとがっかりしちゃったよ。それならヴァイク人やケルドア人は誰でもモテるだろうなって」

「……アントニーはヴァイクでもモテてた印象だけど」

「風評被害だ、ごく普通だよ。タランチュラのくせにおとなしすぎるってよく言われた」

テオは明るく笑ったが、内心ではこの会話の意図を図りかねていた。

（アントニーは……僕のこと、もう特になんとも思ってないんだろうか）

彼がテオに合流してから二週間弱、ほぼ毎日一緒に昼食をとっているが、それらしいアプローチは受けていなかった。もしかしたら、なにかしら特別な関係を期待されることになるかもしれないと、それなりに覚悟していたので、拍子抜けではある。

（……アピールされても、余裕がなかったからよかったけど）

そっとため息をつく。

この一ヶ月、テオは結局のところ最後に会ったフリッツとのやりとりを思い出すたび、冷たくしすぎたのではないかと、後悔する羽目《はめ》になっていた。

「保護者として」心配させてほしいと言ってきたフリッツのことを、身勝手だと思う反面、その気持ちも分かると考えてしまうのだ。

（……なにか、絶対に譲れないなにかのせいで僕と恋人になれないのだとして。それがな

にかは分からないけど……教えることはできなくて。で、僕の体調が悪いとか、海外に行こうとしてるって聞いたら）

自分がフリッツでも、テオの様子を見に行くと思うし、反対もするだろうと理解してしまう。フリッツからすれば、テオは恋愛感情の前に、生まれてすぐのころから面倒を見てきた子どもだ。

（怪我をしたら手当をして……風邪をひいたら看病してくれた。七歳で引き取ったあとは、落ち着くまで毎晩、抱いて寝てくれた……いくら僕が大人になったって）

――保護者でなくなれ、というのは無理だ。

その長い年月の蓄積《ちくせき》の中で、フリッツを愛してしまったテオの気持ちもまた、いきなりなくせと言われてなくせるようなものではない。

（もう一生、このままなのかもしれない……）

最近のテオは、そうも思い始めていた。

フリッツと一緒に生きる人生は諦めても、恋心のすべてを消すことはできないまま心の片隅にとどめて、ただ流されるように、一人ぼっちで生きていく。

それは幸せな人生とは言えないかもしれないが、決定的に不幸でもない生き方だろう。少なくとも雨風をしのげる屋根があり、毎日飢えることもないのだから、十分といえば十分だ。

（このまま……一番ほしいものは一生手に入らないけれど、それ以外は不自由しない状態で、生きていく。それが、正解なのかもしれない……）

ぼんやりとそんなことを考えたりする。一方で、

（だけどもしかしたらいつか、フリッツのことを本当に諦めて……他の誰かをフリッツ以上に愛せて、その人と一緒に暮らせる、そんな未来もあるんだろうか）

自分がフリッツ以外の相手と「家庭」――テオにとっては、愛し合う人と他愛ない日常を送る場所――を持つことを考えると、淋しくて、締め付けられるように胸が痛む。

けれど普通の人は、一つの恋が叶わなかったら、いつかは諦めて新しい恋をするはずだ。

もっとも、自分がその「普通」になれるのかどうか、テオには今のところ自信がなかった。

「あんたたち。丁度良かった、誘おうと思って探してたの」

そのとき、研究所の先輩であるリサが、食事のトレイを持って隣に座ってきた。アントニーが、「誘うって？」と首をかしげている。

所属している研究所は違うが、同じラボ内の仲間として、リサはアントニーとも気安く話すようになっていた。

「再来週、テオが帰っちゃうでしょ。でも、ちっとも遊んでないじゃない。アントニーもね。だから今夜、夜遊びに出ない？　いいクラブがあるの」

クラブ。

ぎらついた照明と、大音量《だいおんりょう》の音楽と、若者たちのダンス。行ったことがないテオは、そのくらいしかイメージがなかった。

「観光地じゃなくてクラブなんですか？」

アントニーが苦笑したが、リサは「夜遊びって言ったでしょ」と肩をすくめた。

「あんたたちって、お国じゃ貴族で堅《かた》い遊びしかしてないんでしょ？　ここにいる間くらい羽目外さなきゃ。なにか変われるきっかけになるかもよ」

リサはダンスクラブに行き慣れているらしく、行きつけの箱に連れていくと言う。ヴァイクでも貴族の若い層の、どちらかというとやや素行の荒れた人たちはクラブくらい行っているし、テオが特殊なだけでフリッツの甥っ子たちも一度や二度は経験があるだろう。騒がしいところは得意ではないし、流行の音楽も知らないが、テオはリサの言う「変われるきっかけになるかも」という一言に惹《ひ》かれた。

「……行ってみようかな」

呟くと、リサは「やった！」とはしゃぎ、アントニーはぎょっとしたように眼を見張った。

「じゃあ今夜ね。午後八時にトラム乗り場で待ち合わせましょ。あ、スーツなんか着てこないでよ」

冗談を付け加えると、リサはさっさと食べ終えて行ってしまう。残されたテオに、アントニーがややオロオロとした様子で、訊いてきた。

「テオ、本気？　きみはああいうところ、苦手そうだけど……」

「……うん、でも行ったことがないし。変われるなら、変わってみたいなって思ってたから」

正直に言うと、アントニーはなぜか複雑そうな表情を浮かべた。物言いたげにテオを見ていたけれど、少し考えたあとで、アントニーに「僕も行くよ」と言われる。

テオにとっては、少し心強い。じゃあ八時にトラム乗り場で集合しようと約束しながら、心の片隅でそっと願ってみる。

（こんなことで変われるなら……フリッツを、忘れられるなら。苦手な場所でも、行ってみないと）

正直に言えば、藁《わら》にもすがる想いだった。なんでもいいから、自分はあがいてみないといけないのだ。遠い場所に移り住み、研究論文を読み込むだけでは、今のところフリッツを忘れられる気配すらないのだから。

――しかし、その日の夜九時には、テオは早くも後悔をしていた。

サイケデリックな照明と、箱を揺るがし、心臓にどくんどくんと響いてくるような大音量の音楽、熱狂する人々の渦《うず》の中で、テオは早々に音《ね》を上げてクラブの隅っこで酒を飲んでいた。

連れてきてくれたリサは、研究所での適当なTシャツとジーンズに白衣を羽織《はお》っただけ、というスタイルを捨て、ボディラインの分かる露出の高いミニ丈のワンピースに、ゴツゴツしたブーツという出で立ちで、別人のように派手な化粧をして待ち合わせ場所に現れた。

テオはというと、さほど服も持ってきていないので、ジャケットを脱いで一番ラフなシャツを着てきたが、それでも「やっぱりお坊ちゃんだね」とリサに笑われてしまった。

アントニーもそう変わらなかったが、体格がいいのでボタンをいくつか外しただけで様になっていた。

夜の都市部に繰り出し、ナイトクラブに入るころまでは、違う自分に出会えるかもしれない……と若干の期待もあったのだが、人がごった返し、もみくちゃにされながら踊る空間に放り出されると、混乱するだけでまるで楽しめず、十分で自分には無理なことが分かってしまった。

結局、リサともアントニーともはぐれたテオは、もらったカクテルをちびちびと飲みながら、壁に凭《もた》れて音楽を楽しむだけになっている。

とはいえ、単純に音だけを聴きにきた客もいくらかいるようで、テオと同じで壁際で小さく音楽に乗っているような人もいたので、そこまで悪目立ちしていない。なにより、フロアにいる人たちは周りなど気にせずに熱狂していた。

踊る人の群を眺めながら、テオの視線は気がつくとついつい、フリッツと似た背格好の、同じような明るい茶色の髪の男に吸い寄せられた。

（またフリッツを探してる。……ばかだな、僕は）

小さく、ため息がこぼれる。

こんな場所にフリッツがいないことなど百も承知で、無意識のうちにフリッツと似た人を見つけてしまう自分の、業《ごう》の深さを思い知らされるようだった。

「テオ、ここにいたの」

人群れの中から、髪も服ももみくちゃになったアントニーが、まるで逃げるようにしてまろびでてきた。かなり近くまで寄らないと声が聞こえないので、隣に並んだアントニーが、テオの耳元まで腰を屈めてきた。

「もう踊らないの？」

「やっぱりこういうところ、苦手だったみたい」

二人でこそこそと――とはいえ声はそれなりに大きく――喋ってから、アントニーは気が抜けたような笑みを浮かべた。

「僕も苦手……リサが見つかったら、一声かけて帰ろうか」

大賛成だ。テオは大きく頷いた。

女性を置いて帰るなんて、紳士的ではないのでは、と心配していたが、群衆を観察してようやく見つけ出したリサは踊りながら見知らぬ男とキスしていたので、大丈夫だろう、という結論を出した。本人に伝えると、「なによ、つまんなかった？　じゃあ先帰ってて。私は楽しんでくから」とあっさり許可が出た。

テオは一時間もしないうちに、クラブを離れてアントニーとトラム乗り場へ戻っていた。

「情けないな……普通、ハイクラスって享楽的って言われてるのに」

トラムを待つ間、アントニーが自嘲気味に言い、テオはつい笑ってしまった。

「……ケルドアとヴァイクのハイクラスってそうでもない感じしない？　やっぱり人口の割合でハイクラスが多いからかな。特にケルドアの人はものすごく禁欲的だし」

「ああ、それはあるかも」

疲れた様子のアントニーを見ていると、テオは少し申し訳なく感じた。

「ごめんね。僕が行くって言ったから、ついてきてくれたんでしょ？」

「いや、多少の興味はあったから、テオが謝ることじゃないよ」

慌てて振り返ったアントニーは、くしゃくしゃになった髪の毛をさらにかき混ぜて、なにか言いたそうにもごもごと口を動かしている。

テオは眼をしばたたいて、そんなアントニーを見つめた。

「……なにか気になってる？」

「いや、その……テオ、変われるなら行ってみたいって言ってたから。どう変わりたかったのかって思って」

テオは納得して、「そのことか」と頷いた。

（どう変わりたかったか？）

そんなことは決まっている。フリッツを忘れられる自分に変わりたかった。

けれどよく考えれば、一度夜遊びを経験したくらいで変わるわけがないし、何より場違いなダンスクラブでさえも、フリッツの面影を探してしまう自分がいた。

黙り込んでしまったテオをどう思ったのか、アントニーはやがて小さな声でつけ足した。

「……今日、テオ、公子殿下に似た人のこと、見てたね」

その言葉に、ぎくりとした。顔をあげてアントニーを見ると、彼はテオから眼を背けて、やや俯《うつむ》いていた。

――そうだっけ？　勘違いだよ。

そう言おうとしたが、言葉が出てこない。そうやって誤魔化すことが、どうしてか浅はかに感じられたからだ。

（アントニー、やっぱり僕の気持ちに気づいてるんだよね？）

以前にも、似たような会話をした。フリッツとの恋仲を疑われ、否定をしたものの、テオには気持ちがあるのではないかと問われたのだ。そのときは、結局会話が有耶無耶になったけれど……。

なんと答えようかと迷っていると、アントニーはテオを振り向いてきた。

「あのさ、テオ」

その声音は、どこか真剣に聞こえる。テオを見る眼もまっすぐだ。

「……もうすぐ、ヴァイクに帰るだろ。結局、ここで働くかどうかは決まった？」

やや緊張を帯びた表情のアントニーに、テオはどう答えたものか、また迷った。

この質問は、先ほどの「公子殿下に似た人のこと、見てたね」という一言と繋がりがあるのか、ないのかもよく分からない。

「実は、まだ考え中……情けないんだけど」

悩んだ末に、正直な気持ちを言うことにした。

実際、テオはここまで来てもまだ腹が決まっていなかった。そんな自分に、自分でも苛立っている。

「所長はなんて言ってるの？」

「九月までに決めてくれればいいって……」

クロイサーは気前のいい性格なので、卒業してから考えてもいいと言ってくれている。断るのなら、わざわざまた渡航する必要はないとまで。

一年限りの雇用なのだから、あまり深く考えることではないとテオでも思う。

大学院のマスタープログラムは充実しているし、まあまあ興味を引かれる分野もある。一生研究者としてすごすなら、ドクターまで進んだほうがいいのは確かなのだし、数年、研究所に在籍しながらプログラムを受けて、のちに本当にやりたい研究のために進路を決め直してもいいのだ。

ただそれは、ヴァイクでもできることだった。

（帰りたい自分がいる。……忘れなきゃいけないのは分かってるのに）

テオはこの新しい場所で生きていく覚悟がまだ、できていなかった。

この場所でフリッツを忘れられる自信もない。もしも忘れられなかったら？

研究が一番やりたいことなら、この恵まれた環境をすぐに享受したかもしれない。けれどテオの人生で、一番大切なのは家族と過ごすことで、ヴァイクに帰ればフリッツとは無理でも、養父母やその親戚、ケルドアの家族との時間はある程度保たれる。

心から望む「家庭」を持てないのなら、オマケ扱いでもいいから、他の家族との時間を大切にしたい。

第一、いくら諦めようと思っていても、フリッツに一生会えないなど、耐えられるのだろうか……？

この一ヶ月でさえ、テオはいつでもフリッツのことを考えて過ごしている。

今までも、フリッツと離れて暮らす時間は多かったから「そのうち会えるだろう」という状態で過ごすことは平気だ。けれど、「もう二度と会えないかもしれない」という気持ちで生きていくとき、自分がどうなってしまうのか、見当が付かない。

はっきり言えば、怖かった。

(僕の中に、ぽっかり穴があいて……もう、二度と埋まらない気がする)

人生の軸が、仕事や趣味にある人たちを眩しいと思う。

幸せの条件が、「フリッツと過ごすこと」にあるテオは、それを失うと生きることそのものに空しさがつきまとう。

「その……こんなこと言うのはプレッシャーになるかもしれないけど、僕は、きみにここで働いてほしいと思ってる。この場所の環境が素晴らしいっていうのもあるけど……」

アントニーは身を乗り出して、訴えてきた。黒い瞳に必死な色が宿っていて、物思いに沈んでいたテオは我に返って身構えた。

「僕が……僕個人が、きみと一緒にいたいと思ってるから……」

テオはごくりと息を飲み込む。それはまっすぐな——分かりやすいほどの求愛だった。

アントニーは真剣な顔で、テオを見つめたままだった。二人の間に流れている空気が張り詰め、濃度を増すのを感じる。

「……アントニー」

「その！　一度でいいから、デートしてくれない……っ？」

テオがなにか言うのを遮るように、アントニーが率直に誘ってくる。テオはどう応じたものか分からずに、困った顔で彼を見つめ返す。

「考えてくれるだけでも。……きみが公子殿下を好きなのは知ってる。でも、きみたちは付き合ってない。なら、僕を新しい恋愛相手に考えてみるのはどうかな。……大事にできると思うし、その……人生でただ一人しか愛さないってことは、ないよね？」

一気にまくし立てたあと、アントニーは少し不安そうに首をかしげた。

（アントニー、やっぱり、僕の気持ちを確信してたんだ……）

それはそうか、と思う。テオの態度を見ていれば、鈍くない限り分かってしまうだろう。

テオはぐっと拳を握りしめて、アントニーの言葉を反芻した。

――人生でただ一人しか愛さないってことは、ないよね？

問われた言葉に、どう返すべきなのだろう。

（……ただ一人しか愛さないってことはない……普通はそうだ）

テオも、自分でもその「普通」に入れるかもしれないと、何度も考えている。今日わざわざ、どう考えても苦手だろうクラブに誘われるままついてきたのだって、いつもとは違う行動をとれば、フリッツ以外を愛せる自分に変われるかもしれないと期待してのことだった。

結局は失敗に終わってしまったけれど。

それでももし、アントニーのことを好きになれたら、それはとても幸福なことだろうとは思う。

(フリッツじゃなくても、僕と家族になってくれるなら……)

テオの幸福の条件は、満たされるのかもしれない。

「……分かった。デート、してみる?」

しばらく悩んでから、テオは初めて、アントニーの誘いを受け入れた。強張っていたアントニーの表情から、途端に緊張がぬけ、その笑顔が華やいで明るくなった。

「やった! じゃあ今週末に、僕がプランを考えておくよ。楽しみにしてて」

「……うん」

浮かれた様子で言うアントニーは可愛らしく、テオは小さく微笑んだけれど、本当にこれでいいのかは分からなかった。

クラブに続いて、アントニーとのデートでも、失敗してしまったらどうしようかと、胸の奥に不安がよぎる。

けれどそれを、テオは押しのけた。

(なんでも、まずは試してみないと。……まだ、僕は若いんだし)

一生涯、ただ一人、フリッツしか愛せないなどと決めつけるには早すぎる。

きっと、おそらく、そのはずだと、自分に言い聞かせる。

そうでなければ困る。

そうでなければ、テオは一生、本当の意味では幸せになれないということだから。


クラブから寮に戻り、翌朝、テオははたと気がついた。

アントニーとの約束は、考えてみれば人生で初めてのデートだということに。

（なにを着ていけばいいいんだろ？）

悩んだが、そもそも普段着しか持ってきていない。結局、クラブに行ったときとさほど代わり映えしない服装で、テオはその週末、指定された時間に向かった。

アントニーは寮のすぐ外で待っており、テオを見ると少し緊張した笑顔で、「おはよう」と声をかけてきた。

「本当に来てくれたんだね。……嬉しい」

しみじみと言うアントニーの笑顔はとろけるほどに甘い。

テオはあからさまな好意を浴びて、どうしてか居心地が悪く感じた。自分が同じだけの熱量でこの場にいないことに、やはり罪悪感がある。

「こちらこそ、誘ってくれてありがとう」

だからこそできるだけ誠実でいようと、にっこりと微笑んだ。

「僕の格好、普通でごめんね。デートしてもらえるって分かってたら、新しく服を買っておくんだったな」

少ししょげながら言うアントニーは素直に可愛かった。大型犬が耳を垂らしているみたいだ。テオはそれほどデートに乗り気ではなかったけれど、こんなふうに迎えられると今日は精一杯、アントニーに向き合おうという気持ちになる。

(とにかく、今日はフリッツのことは考えない)

心の中で、決意する。

これほどの愛情を示されているのに、他の相手のことを考えるなど失礼だと思った。

「僕も普段着だよ。セーターには毛玉があるし……なるべく取ったんだけど」

「テオはなにを着てても魅力的だよ！」

謙遜《けんそん》すると、肯定してくれる。

(アントニーは……付き合ったら、きっと素敵な恋人になるんだろうな)

そんなふうに思いながら、トラム乗り場へと並んで向かう途中、これがフリッツなら、とテオは想像した。

(車で迎えに来るだろうし、服装もスマートだろうな。……僕相手だとそう気張らないか。でも、きっともういいって腹が立つくらい、褒めてくれはするだろうなあ……)

世界一きれいだとか、キャラメル色のセーターよりもテオのほうが甘そうだとか。実際、こういう言葉はよくフリッツがテオに言ってくるからかい含みの賞賛だった。

本気かどうかも分からないそれらの言動に一喜一憂するのがいやで、テオは大抵どこかで「もう言わないで」と怒る。するとフリッツは笑いながら、「本心だよ、テオ。心からそう思ってるんだぞ」と優しい声音で諭すのだ。

そこまで考えて、テオは慌てて頭の中からフリッツのことを追い出した。

（ついさっき、フリッツのことは考えないって決めたところなのに）

テオは唇を嚙みしめ、心の中だけで、もう一度自分に誓った。

――今日はけっして、フリッツのことは考えない。

もしかしたら、フリッツ以外の人でも好きになれるかもしれない。それを確かめる、とてつもなく大切な機会なのだ。

頭の中からフリッツを締め出し、ただ正面からアントニーと向き合おう。

トラムを待つ間も、トラムに乗り込んでからも、テオはひたすらそのことだけを、自分の心に念じたのだった。

八

アントニーがデート場所に選んだのは、大きな公園の中にある、硝子《がらす》張りの巨大な建物――南半球きっての博物館だった。

「……ご、ごめん。もっとおしゃれな場所がいいかなとか、ゴージャスなスポットとかも考えてみたんだけど、なんていうか、その……テオはこういうほうが好きかもって」

連れてきてくれたアントニーは、最初おどおどしていた。テオが博物館を気に入らないかもしれないと、恐れているようだった。

(でもついこの前、僕らは二人ともクラブでまともに遊べなかったんだから……)

と、思い出すと、たしかに博物館は自分たちに似合っている。テオはアントニーの選択が可愛らしく、好ましく感じられた。

「ううん、博物館大好きだよ。立ち寄りたいと思ってたから嬉しい」

「ほんと？　よかった、僕も博物館は大好きなんだ」

理系研究者二人なのだから、当然嫌いなわけがないのだ。

チケットを購入して建物に入ると、すぐさま巨大な鯨《くじら》の骨格標本に迎えられた。視界のほとんどを覆うほどに、迫力のある展示だ。理系の人間としては、いっとき、すべての憂いが吹き飛んで眼の前の標本に夢中になってしまう。

間違いなく、ダンスクラブよりも楽しい場所だった。

単純に「すごい」と感想を言い合ったあとは、生態の進化や鯨骨生物群集の話に飛躍していく。持てる知識の応酬《おうしゅう》と、つい最近読んだ論文についてなど、好奇心に押されるまま会話が弾む。

入り口からそんな調子なので、ぐるりと周り終えるまでに相当な時間を使った。

「ランチの時間でもないね、もうすぐディナーだ……ごめん」

博物館を出ると、夕焼けが広がっていた。アントニーはランチはここで、と考えていた店があったらしく気落ちしていたが、テオは楽しかったので気にしていない。植物の展示を見ながら、多核細胞の存在理由について議論しあえる相手なんてそうはいない。

心ゆくまで展示を楽しめたことにもそうだが、フリッツと一緒ではなくても楽しく過ごせたことに、テオは内心安堵に近い気持ちで、満足していた。

（……でも、フリッツとここに来ても同じだったろうな。むしろフリッツがやっぱりもう一回見直さないか？　なんて言い出しそう）

テオも博物館が好きだが、フリッツもそうだった。小さなころ、遊びに連れて行かれる場所はもっぱら動物園か博物館で、そこではフリッツの趣味とも言える、長い長い生物学の講釈が聞けた。テオが生化学の道に進んだのも、その影響が多大にある。

そこまで考えてから、テオはまたしても自然にフリッツに思考を結びつけていると気がついて、頭を横に振った。

(考えない、考えない)

慌てて自分に言い聞かせつつ、アントニーに話題を振る。

「ヴァイクにこれほどの博物館がないのは惜しまれるよね」

「分かるよ、小さいころの僕は、ミュンヘンの博物館によく行ってた」

アントニーの答えに、自分も似たような境遇だったテオは嬉しくなった。

「僕も同じだよ、ミュンヘンには、いつもフリッツが連れて行ってくれて――」

公園を歩きながらの会話の途中、思わずフリッツの名前を出してしまい、テオは口を噤んだ。アントニーもさすがに、デート中にフリッツの名前を出されては笑ってくれず、一瞬気まずい空気が流れてしまった。

(しまった……考えないようにしてたのに、口に出してしまうなんて)

テオは自分の迂闊《うかつ》さを呪ったものの、ここでごめんと謝るのも違和感がある。

しばらく互いに沈黙したあとで、

「そういえば、ディナーは予約したんだけど、テオは好き嫌いある?」

と、アントニーが話題を変えてくれたので、テオはホッとしながらその厚意を受け取った。その後は会話に気をつけながら公園内を散策し、ディナーまでの時間をつぶした。

テオは不意にフリッツの話をしないように気を張っていて、正直、会話の内容になかなか集中できなかったから、レストランの予約時間になったときは胸を撫で下ろしてしまった。

アントニーが予約してくれたレストランは街中にあり、デートに使う人が多いらしく、店内は性別の取り合わせは様々ながらカップル客が目立っていた。

薄暗い照明の中、クラシック音楽が流れ、上質なステーキが運ばれてくる。かといって、それほど肩肘の張った店でもなく、服装がカジュアルでも気にされない雰囲気だった。

食事は美味しかったし、一杯だけ頼んだワインも肉によく合っていた。ほろ酔い気分になると口もなめらかになり、テオはアントニーと、とりとめなく喋った。

最近読んだちょっと変わった論文のこと、研究所の人たちの軽い噂、顕微鏡《けんびきょう》の好きな角度の話……。

「レヴィが顕微鏡を使った後ってすぐ分かるよね。角度が急だし、ピントもものすごくずれてる」

「リサがいつも怒ってるの知ってる？　デフォルトに戻したらどうなんだって」

「レヴィはリサのファンデーションが接眼レンズについてるって文句言ってたけどね」

研究所内でのとりとめのない話題に、テオは思わず笑ってしまう。アントニーとの会話は楽しく、一緒にいて居心地もよかった。

ただ時折、この楽しさは友だちとしてのものだけではダメなのだ、と頭の中で気づく瞬間があった。

（……アントニーは僕に、恋人になってほしいんだから）

考えてほしいと言われているのだから、デートが終わったらそれなりの答えを出さなければならない。少なくとも、これから先もデートを重ねる余地はあるのかどうか、それだけでも伝える必要がある。

テオは食事の間中、頭の片隅でアントニーと付き合えるだろうか？　と自問していた。

（一緒にいて楽しいのは確かだ。普通なら、きっとこういうデートを数回繰り返して……ずっと楽しい気持ちが続くなら、付き合おうって思うものだ……）

フリッツしか好きになったことがないし、人の恋愛話を聞いたりもしないから、恋愛作法のようなものは知らないが、たぶんそれが「普通」だろうと想像する。

――自分にも、その「普通」の恋愛は、できるのだろうか？

フリッツを心に残したままでも、アントニーと恋愛を始めることは、可能なのか。

可不可の間で揺れながら食事を終えて、店の外へ出ると、あたりはとっぷりと暮れていた。夜の都市には街灯がともり、まだ人通りも多くて賑やかだった。白い息越しに、行き交う人々の笑顔が見える。

「美味しかった。お店の予約、ありがとう」

「こちらこそ、楽しんでもらえたならよかった」

テオがお礼を伝えると、アントニーは心底嬉しそうに微笑んだ。金髪の下で、黒い瞳はきらきらと輝いていて、テオへの好意が伝わってくる。胸の底がわずかにくすぐられ、テオはほんの一瞬、こんなふうに始まる恋もあるかもしれない……と思った。

けれどトラム乗り場へ歩き出した矢先、テオは通りの反対側にうずくまる少年を見つけた。

七歳くらいだろう、可愛い男の子が、転んでしまったらしい。擦りむいた手のひらを見て涙を浮かべている。

反射的に助けに行こうとしたとき、男の子に駆け寄る影があった。背の高い男——明るい茶色の髪だ。テオはその人が、フリッツに見えた。

男の子を抱き上げ、慰めるように微笑みかける、けれど、相手は当然ながら、フリッツではなくまるで見知らぬ他人だった。

それなのに、テオは数秒間、雷に打たれたような衝撃を受けて、その場に立ち尽くしてしまった。

「テオ？」

不思議そうに、前を歩いていたアントニーが自分を振り向くのが分かった。

六月のオーストラリアの空気は冷たく、アントニーの吐き出す息がうっすらと曇って見える。

テオの視線の先をたどったアントニーが、立ち去っていく男の姿を見て、ぴくりと肩を揺らすのが見えた。

「……ごめんなさい、アントニー」

ほとんど衝動的に、テオはそう口走っていた。

アントニーが息を止めたような表情で、テオを見つめる。テオは自分がタイミングを誤ったことに気づいたけれど、こぼれてしまった言葉はもう戻らなかった。

「……なんに対する、ごめんなさいなの？」

アントニーは笑おうとしていたけれど、うまく笑えないかのように口元を歪ませた。罪悪感で、テオの胸が軋《きし》む。最悪だ、と思った。

（こんなタイミングで言うべきじゃなかった。……アントニーを傷つけた）

けれど仕方がなかったのだ。街中の小さな子どもと、大きな男を見て、在りし日のフリッツと自分を思い出した。急激に高まっていく恋しさ、フリッツでなければ意味がないという逼迫《ひっぱく》した感情、ほしいのはフリッツの温もりだけだという強烈な欲望が、テオの中に強く湧き上がってしまった。

「僕が変なんだ」

テオは喘ぐように、弁明した。

「……フリッツじゃないと、どうしてもダメだって思ってしまう、僕がおかしいんだ。だけど……ごめんなさい、アントニー」

真正面から顔が見られない。うつむく前に一瞥《いちべつ》したアントニーは、愕然《がくぜん》としていた。

「まだデートは終わってなかった」

「……うん」

「僕の気持ちを少しも伝えてないのに」

「……ごめんなさい」

「僕だってきみがいい。もう何年も想ってる。きみが殿下に感じている気持ちと、大差ない。それなのにそんなふうに断るの？」

テオは言葉が出なくなる。最初から心の扉を閉められてはなにもできない。そう訴えられたら、そのとおりだと思う。そしてその苦渋は、テオがフリッツに対して味わったものと変わらない。分かっていても、自分の気持ちに嘘がつけない。

（無理だ。……アントニーが悪いんじゃなくて、フリッツ以外の人と、僕は恋愛できない）

それをどう、伝えればいいのか分からない。

やがてアントニーは、小さく息をついた。

「……分かった。きみの中に、僕の居場所はないってことだね」

額に手をあて、アントニーが苦しそうに首を振っている。テオは弾かれたように顔をあげたけれど、やっぱり彼を慰めるような言葉は見つからなかった。

「ごめん、アントニー……。友だちとしてのきみはすごく好きだよ。今日も本当に楽しかった……ただ」

「いいんだ。分かってる、公子殿下には敵わなかったんだろ。……テオが謝ることじゃない。単に、僕はもう少しくらい、譲歩してもらえるかと期待してただけだから……」

「……」

額に、じわりといやな汗が浮かぶ。罪悪感に、きりきりと胃が痛んだ。アントニーは少し怒ったように息をつき、「悪いけど、一人で帰るよ」と言った。

「……今は冷静じゃないから」

「もちろん、そうして」

テオに否やはない。アントニーはテオに背を向けて歩き出したけれど、しばらくして急いで戻って来た。

「でも、仕事の話は別だから。僕を気にせず、研究所が気に入ったら残ってほしい」

表情は硬いけれど、言わずにはいられないように早口で言ってくるアントニーに、胸の奥が熱くなる。

（こんなに優しい人なのに、好きになれないなんて……）

自分が、ひどく欠陥のある人間に思える。アントニーは仕事のことを話しているうちに少し落ち着いたのか、わずかに表情を緩めた。

「公子殿下のことがそんなに好きなら、伝えるべきだと思うよ。……もし断られても、何度でも食い下がるべきだ。僕がきみをデートに誘ったのも、合計したら五回はくだらない」

こうして一度でもデートできたんだから、意味があったよ、とアントニーは囁いた。けれどその囁き声は最後、かすれていた。ぎゅっと眉間に皺を寄せたあと、アントニーは再びテオを置いて歩き出した。

今度は振り返らず、長い足で大股歩きに通りを渡っていく。その姿を見てやっと気がつく。今日だって、これまでだって一度も、テオはアントニーと歩調が合わずに困ったことがないと。

いつでも、彼が小柄なテオの歩幅に合わせて歩いてくれていたのだ……と。

――そんな相手すら愛せない自分は、きっとおかしい。

雑踏の中、アントニーの背中が見えなくなるまで、テオは立ち尽くしていた。

途方に暮れた子どものような気分。罪悪感と、なにをどうすれば正解だったのか分からないという苦悩の中で、ずっと。

（やり方を間違えたのは確かだ。……でも、一番いいタイミングを狙ったとしても、僕はきっと同じように断っただろうな）

アントニーと別れてからしばらくの間、テオはメインストリートに棒立ちになっていたので、気がつけば指先がかじかみ、鼻の頭が冷たくなっていた。

通り過ぎる人々は、小柄なテオなど気にせずにすり抜けていく。

このままでは風邪をひいてしまうと、のろのろとトラム乗り場へと向かう。

――単に、僕はもう少し譲歩してもらえるかと期待してただけだから……。

アントニーの言葉が耳の奥に返ってくる。

自分が情けなく、ひどく冷たい人間のような気がして、胃の腑《ふ》が痛む。

（普通ならそうだ。……普通なら、一度のデートで断るなんてしない。散々だったならともかく、僕だって楽しかったのに……）

アントニーは終始優しかった。テオと一緒に出かけられることが嬉しいと、全身から伝えてくれた。ちょっと前までなら、アントニーが自分に興味を持っているのは「珍しいロウクラスだから」ではないかと疑っていたけれど、ロウクラスが大勢いるこの国に来ても、アントニーはテオを見てくれた。これ以上ないほどの人だ。普通なら、交際を断る理由がない。

（フリッツじゃなければ愛せないなんて……本当にそうなの？）

今からでもアントニーを追いかけて謝り、もう一度デートしたいと言うべきだろうか？

すぐには無理でも、回数を重ねれば、フリッツを忘れていくかもしれない。

そう思った直後、頭の中で声がする。

――無理。無理、無理、無理だってば！

そんなことできるわけがない、テオドール。僕はあまりにも長い間、フリッツを愛しすぎた。他の人なんて、愛せるわけがない！

胸の内であがる叫び声の強さに、思わず足を止める。

自分の愛の重さと狭さを感じて、テオは身体が震えた。

愛とは、これほど苛烈なものだろうか？

ただ一人しか、人生で愛せないほどに？

（違う。僕がただ、そうだっていうだけだ……）

アントニーはフリッツに、気持ちを伝えるべきだと言っていた。断られても食い下がるべきだと。

（もう一度、フリッツに向き合う？　きっと、僕を拒む理由は話してくれない。それでも……？）

――この気持ちに決着がつかない限り、永遠に生き方など決められない。忘れると決めても、きっと忘れられることはない。

フリッツへの感情をどうするか、迷っている間は、テオは自分の人生をどう生きるかすら決められないだろうと思った。

もやもやと考えこみながら歩いていたせいで、前を見ていなかった。

不意にテオは誰かと肩がぶつかってしまい、よろける。相手の体が自分よりわずかに薄い気がして、慌てて顔をあげ、「すみません、お怪我は……」と言いかけたところで、固まった。

相手も少しよろめいていたけれど、転んではいなかった。見覚えのある、背の高い女性が、テオを見て少し驚いたように眼を見張っている。

黒髪に青い瞳。目元にはほくろ。

「あ……」

見知った姿に、思わず声を漏らしてしまった。

彼女は五月、ヴァイクの養父母のホームパーティに、束《つか》の間《ま》訪れた客人だった。

「カミラ・シュティケンよ。あなたはテオドール・ケルドアよね？」

ホームパーティでちらりと見ただけのテオを、カミラと名乗った女性は覚えていてくれた。

優しい微笑を浮かべたカミラに、「あなた、手が冷えてるわ。家が近いの、寄っていかない？」と提案されて、テオはどうしてだか断りきれずに、大通りから少し歩いた先にあった彼女の高級アパートにお邪魔することになった。

部屋は広く、モダンなインテリアでまとめられていた。リビングに通されたあと、

「なにか温まるものを持ってくるわね」

と言って、カミラは一旦奥へ引っ込んでしまい、テオは所在なく椅子に腰を下ろして、待っているところだった。

アントニーとケンカ別れのようなものをした直後に、異邦《いほう》の地でうっすらと縁のありそうな女性の家にいるのが、なんとも不思議な感じだった。

リビングには大理石の高価なテーブルがあり、その卓上には写真立てがいくつか並んでいた。そこには若いころのカミラと、フリッツによく似た――おそらく、彼女の夫だろう――フリッツの叔父の姿が映っていた。

（パートナーを亡くされたあと、海外で暮らしてるって聞いたっけ……）

部屋は洗練されているけれど、そこかしこに、一人暮らしの痕跡《こんせき》がうかがえるような気がした。この部屋はカミラだけのものなのだと、聞かずとも感じ取れる。

（なんとなく、淋しい感じがする……）

そう思ってしまうのは、テオ自身の偏見だと分かっている。テオがフリッツとの暮らしを望みすぎるから、そう思うだけだ。けれどそれでも、カミラもまた淋しいのではないかと、なぜだか思ってしまう。

「グリューワインよ。ゆっくり飲んでね」

奥から戻ってきたカミラが、テオにマグカップを渡してくれた。

コートを脱いだ彼女は、ゆったりとした黒のニットワンピースに刺繡の美しいショールを羽織っていて、とても優美だ。女優のような身のこなしで、テオの向かいに腰掛ける。

マグカップの中には、温められた赤ワインが注がれており、スパイスの香りがした。息を吹きかけながら一口飲むと、体の冷えたところへじんわりと染み渡ってくる。

「ありがとうございます、突然押しかけたのに……」

「私が招待したのだから遠慮しないで。……それより、この前はきちんと挨拶もせずにごめんなさい。ご家族での団らんをあまり邪魔したくなかったの」

ホームパーティのときのことだろう。彼女は養父母とだけ軽く会話をして、すぐに立ち去ってしまった。

とはいえ失礼な態度ではなかったので、当然テオは気にしていなかった。

(ご家族……一応、カミラさんも家族ではあるだろうに)

養父の亡くなった弟の、妻だった人だ。

「……叔父様にはお会いしたことがありませんが……、カミラさんは今海外で暮らしてるとお聞きしてました。オーストラリアにいらしたなんて驚きましたが」

テオは自分がここにいる経緯をごく簡単に話した。研究所に短期研修で来ているが、もうすぐ帰ることも伝えた。

「まあ、そうだったの？　知っていたらもっと早く会いたかったわ。……とはいえ、私もこっちへ戻ったのはつい最近なの。ここ以外にもいくつか拠点を持ってるのよ」

「お忙しいんですね」

「好きでそうしてるだけ。いくつかのチャリティー財団やＮＰＯの支援をしているの。夫が私に残してくれた資産は、一人で使うには多すぎたから……」

カミラは少しだけしんみりとした様子で、そっと囁いた。

温かな部屋の中、ワインの芳醇《ほうじゅん》な匂いが満ち、穏やかな橙色のライトが、彼女の優雅な美貌を照らしている。それなのに、室内には孤独の匂いがしみついているように感じられた。

「……素敵な写真ですね」

亡くなる前の、フリッツの叔父がカミラと一緒に撮影したらしい写真へ、テオは視線を向けた。カミラは弾けんばかりに笑っている。とても幸せそうだった。

「フリッツが言ってました、お二人は大恋愛だったって」

テオが言うと、カミラはくすくすと笑った。

「そんなものじゃないわ。彼がいつまでも結婚してくれないから、私が押しかけたの。私たち、年の差が十五もあったから、彼は困っていたわ。私の気持ちは若気の至りだって何度も言われて、腹を立てたりしてたわね」

「十五歳差……」

テオとフリッツは十九歳差なので、なんとなく親近感が湧く。もう少し、カミラの話が聞きたくなる。

「ええ。私たち、幼なじみだったの。当時大公家が住んでいた城の近くに私の家もあって、私の母が、そのころの大公妃様の侍女だったから、私は比較的自由に城に行き来していたの。幼いころは、夫を兄のように慕っていたけれど……年頃になって、急に男性として意識しはじめてしまったのね」

（なんだか、ちょっとだけ僕と似てる……）

カミラはおかしそうに、「あの人にはなかなか本気にしてもらえなかったけど」と肩をすくめた。

「私たちが結婚した前後は、大公家がその地位を退《しりぞ》いてヴァイクが共和制をとったあたりだったから、国内は騒然としていたわ。そんな情勢もあって、彼は私とは結婚できないと何度も言ってきたけれど、どうしても諦められなかったから粘り続けて……二十歳のときに結婚してもらったのよ」

「わあ……」

話を聞いているだけで、勝手にときめいてしまう。優雅で上品に見えるカミラが、そこまでしつこく結婚を迫ったというのが信じられないが、なかなか首を縦に振らない男ととうとう結ばれた少女のことを思うと、胸が熱くなる。

「……十年間、本当に仲良く暮らしてた。私は幸せだったわ」

しみじみと、カミラが呟く。青い瞳は懐かしそうに写真を見つめていて、幸せだったという言葉には一片の嘘もないように感じた。けれど同時に、彼女の胸にある淋しさもまた、痛いほどに伝わってくる。

――まだ、相手のことを愛しているんだ。

十年間、とカミラは言ったから、彼女の夫は結婚十年目で亡くなったのだろう。フリッツからも、叔父は四十路半ばで亡くなったと聞いていたから、計算も合っている。

ふとそのとき、窓の向こうに白いものがちらつく。カミラは顔をあげて、「あら」と呟いた。

「珍しいわね、六月に雪が降るなんて……」

「本当だ、雪ですね」

窓の外にちらつく白い雪は、街灯の光を受けて時々橙色に変わる。弱々しい降り方だから、すぐに止むだろう。南半球が冬とはいえ、まだ初冬並の寒さなので、雪が降るのはたしかに珍しかった。

「……夫が亡くなった日も、雪が降っていたわ。場所はヴァイクだったから、二月のことだったけれど」

「……」

テオはドキリとして、息を止めた。

不意に、彼女の夫についてフリッツが話していたときのことを思い出す。なにを考えているか分からない無表情で、フリッツは叔父の死について、死因は不明だと言っていた。

「仕事から帰ってきた夫と、二人で夕飯をとって、いつもどおりの夜を過ごしたの。寝る前には次の週末に、美術館へ行こうと話したわ。春になったらテニスをしようとも。そうして一緒に眠って……朝眼が覚めたら、夫はもう亡くなっていたの。眠った姿のままで」

「……、そんな」

「調べてみても、なぜ亡くなったのか分からないとされた。平たく言えば寿命だったと……」

テオは心臓が、いやな音をたてるのを聞いた。

——眠るように死んで、寿命だった？　まだ、たった四十代半ばの、いかにも健康な男性が……？

「私……」

カミラが小さく囁きながら、いくつか並んでいる写真立ての中から、手元にある一つを引き寄せる。

「葬儀のとき、あまりにも混乱していたから、フリッツにひどいことを言ってしまったのね」

「……え？」

急にフリッツの話になり、テオは驚いた。カミラはテオを見ると困ったように微笑み、その眼に罪悪感を滲《にじ》ませた。

「――あなたは家族を持たないほうがいい。フリッツに、そう言ってしまったの。あの子はまだ十四歳だったのに」

――あなたは家族を持たないほうがいい。

カミラの言葉が、すぐには嚙み砕けなくて、テオは彼女をじっと見つめた。もちろんすぐに謝罪して、彼は許してくれたけど、とカミラは続けた。

「とても後悔してる。あの子が今の年でも家庭を持っていないのを見ると、なおさらに。……今なら違う言葉をかけるわ。私は幸せだったから、あなたも恐れないでと」

「……どうして、フリッツにそんなことを？」

カミラの言葉が解せなかった。それでも、なにかとてつもない秘密の一端《いったん》に触れている気がして、テオは緊張で体が硬くなる。カミラは悲しげに微笑むと、持っていた写真立てをテオへ渡してくる。

見ると、それはフリッツの叔父、カミラの夫が、一人で映っている写真だった。笑った顔がアップになっていて、瞳の色もよく見えた。

現大公家の血筋の特徴である、明るい茶色の髪に……赤い瞳。

ただその赤い眼は、金色を帯びていた。眼の奥にひっそりときらめく、太陽のような金の瞳孔……。

「……フリッツそっくりですね」

顔立ちや雰囲気も似ているけれど、なによりも瞳がまったく同じだ。

「ええ。……大公家直系の、三男にだけ現れやすい特徴なんですって」

(……どういうこと?)

テオは顔をあげてカミラを見つめたけれど、彼女はこれ以上話す気はなさそうだった。聞きたいのなら、フリッツに聞いてほしいと思っているのかもしれない。

「あなたがフリッツと誰よりも近しい人だと、義姉に聞いたことがあるわ。……もし機会があったら、伝えてくれないかしら。……私は、夫ただ一人しか愛せない人生を送ってるけれど」

――ただ一人しか愛せない人生。

その言葉が、テオの胸に棘のように刺さる。

「それでも、彼と過ごした十年を後悔していない。あの十年が私を支えてくれる。だから……あなたに言ったこと、心から取り消したいって」

フリッツはもう、忘れているかもしれないけど、とカミラは自嘲気味に微笑んだ。

テオはなんと言えばいいのか分からなくて、口を閉ざしたままだった。

僕も同じような人生なんです、と言いたいような、フリッツのことを愛してるんですと告白したいような、もしかして、あなたの夫の死と、フリッツが僕を拒む理由は繋がっているんですかと問いたいような――。

けれどそのどれも、眼の前の孤独な女性に問うには、あまりに重たい気がした。

「……カミラさんは今も、幸せ、なんですか？」

だから気がついたら、ただそれだけを訊いていた。

カミラは少し考えたあと、「ええ」と頷いた。

「夫が生きていればと思うことは何度もある。でも……考えるの。過去の幸福だった十年がある私と、ない私。どっちが幸せだろうって」

――彼と過ごした過去がある今の私が、幸せだと思う。

きっぱりとした口調。青い瞳は、真摯《しんし》に輝いている。

「自分なりに精一杯生きて、いつか死んで彼とまた出会えたら、言ってやるの。どう？

私、よくやったでしょって。……きっと、褒めてくれると思うわ」

カミラはにっこりと笑った。幻覚に過ぎないけれど、微笑む彼女の隣に、優しく彼女を見つめている、フリッツの叔父の姿が見えるような気がした。

(ただ一人だけを愛する人生も、ある……。あっていいんだ)

なぜなら、眼の前でその生き方をしているカミラが、テオにはとてつもなく美しく、気高く見えるから。

ただ一人しか愛せなくても――それは、きっと不幸でも不運でもない。

「ああ、止んじゃったわね。きっと積もってもないでしょうね」

カミラが窓の向こうを見て、独り言のように呟く。

いつの間にか、雪は止んでいた。カミラは立ち上がり、車のキーを取ってきて言った。

「それで、帰りは私の運転でいいかしら?」


――どうしてカミラさんは、あんなふうに亡くなった夫のことと、フリッツの話を繋げたのだろう?

まるで叔父の死因が、フリッツにも関係あるかのような口ぶりだった。

(フリッツと叔父様が似ているから……? フリッツには家族を作るなと言って、上の二人の兄さんたちには言わなかったのは、なぜ？）

独特な瞳の色。大公家直系の三男に現れやすい特徴。叔父の、早すぎる不審死。

テオはその晩よく眠れなかった。これまでのフリッツの態度から、一つの仮説に行き着いてしまったのだ。

考えるべきことは他にもある。自分の進路についてもそうだが、気まずいまま別れてしまったアントニーとのことも、どうにかしなければならない。けれどどれにも上手く対処できないまま、明日にはヴァイクに帰るという日がやって来た。

「九月までに返事をくれよ。どんな選択でも尊重するから」

研究所長のクロイサーは親切にもそんなふうに言って送り出してくれた。一ヶ月の短い間に、親しくなった研究所のメンバーに挨拶を済ませ、寮の荷物も発送し、あとは明日の朝空港に行くだけ、になったテオは、勇気を出して共同設備のそろった部屋を訪れた。

そこに、アントニーがいるからだ。

「……テオ」

白衣を着て、顕微鏡を覗いていたアントニーは、テオに気づくとすぐに立ち上がった。驚いたようにテオを見た彼だけれど、すぐに、気まずそうな表情になる。ほんの少し前まででは、顔を合わせるたびに笑ってくれたのに、と思うと切なかったけれど、それは自業自得《じごうじとく》だと分かっていた。

「その、少し話せる?」

テオはそっと切り出し、アントニーはこくりと頷いた。

研究棟を出て、キャンパスの中をぶらつきながら、テオは明日ヴァイクに帰ると伝えた。

「そう。……僕は出ないけど、卒業式、楽しんできて」

「うん。研究室のみんなにも、アントニーがこっちで上手くやってること、伝えておくね」

それだけ話したあとは、ぎこちない空気が流れる。テオはこういうとき、どんなふうに言葉を紡ぐべきか考えたけれど、なにを言ってもアントニーを傷つける気がした。

本音を言えば、恋人にはなれなくても友だちでいたい、だが、そんな言葉は残酷すぎる。

「……テオ。きみのこと、本当に好きだったよ」

そのときアントニーが、そっと呟いた。テオはドキリとして、歩みを止めた。愛の告白に対して、返す言葉が見つからない。

アントニーはただ困っているテオを見て、自嘲するように嗤《わら》った。

「でも、きみの恋心には敵わなかったから、ちゃんと諦めるよ。……安心して、こっちに来てからはモテてるから、すぐにきみより素敵な人を見つけられると思う」

最初は淋しそうだったアントニーが、最後は冗談めかして言ってくれる。きっと、テオを気遣《きづか》ってのものだ。

(……本当に優しい人だ)

心からそう思う。アントニーのことを好きになれたら、どれほど幸せだったろうか。けれどテオの人生は、多分「ただ一人だけを愛する人生」なのだ。どれほど数奇《すうき》で、変わっていても、そういうふうに生まれついたのだと思う。

世界には、こんな人間もいる。たとえどれだけ「普通」ではなくとも。そしてそれが、たまたま自分の人生だった。

「うん。……きみは本当に素敵な人だから、きっとそうなるよ」

それくらいしか、言えなかった。恋心が破れる痛みを、テオだってよく知っている。アントニーは右手を差し出してくる。テオは感謝しながら、彼と握手した。

「ありがとう、アントニー」

「……きみが研究所に来てくれるのを願ってる。でも、ちょっと来ないでほしいって気持ちもあるよ」

冗談と本音を織り交ぜて笑うアントニーの声音は、最後、わずかに嗄《しゃが》れて聞こえた。テオは顔をあげて、優しい友だちを見つめた。

「どんな選択をしても……ちゃんと報告するね。それから……」

きみの言うとおりだよ、と続ける。

昨日まではどうするか悩んでいたけれど、アントニーと話しているうちに決心がついたことを、伝えることにした。

「フリッツに……気持ちを伝えてみるよ。実は一度フラれたんだけど、もう一回」

アントニーはテオの言葉に、眼を見開いた。「え、フラれたの？」と独り言のように言ったあとで、「いや、まあ、でも、そんなわけ……」と嗫いてから、思考を振り払うように金色の髪をくしゃくしゃとかき混ぜた。

「そうか。うん、せめて僕がきみを誘った回数くらいは、頑張ってみて」

テオは素直に頷いた。もうこれが、彼に会う最後になるかもしれないなと頭の隅で考えながら——それでも、またね、と口にした。


ヴァイクに帰ると、突然の夏日に襲われて、テオは時差ボケを直す暇もなく卒業式に出席した。

くらくらとしているうちに式次第通りに進行し、特別な感慨もなく卒業していた。研究室のメンバーとメーレンに挨拶を入れ、フリッツのことも探したが、浮かれた卒業生たちがはしゃぐ中、見つけることはできなかった。結局、テオはさっさと部屋に帰り、養父母の家に向かうことにした。

今夜は、テオの卒業を祝ってささやかな宴があるという。養父母は卒業式に出席すると申し出てくれたけれど、老いた二人には申し訳なさがあったし、元大公家の二人が来ると注目を浴びてしまう。テオ自身卒業にさほどの思い入れがないので、家で待っていてほしいとお願いしていた。

（たぶん実家には、フリッツも来るはず）

オーストラリアに出発する前、テオは自身の進路を心配して会いに来たフリッツを手ひどく追い返したけれど、あれくらいでフリッツがテオの「保護者」としての立場を諦めるとは思えなかった。話をしないまでも、テオがどんな様子か、進路を決めたかどうか、探りに来るはずだ。

フリッツの考えくらい、テオには想像するまでもなく分かる。

養父母が手配してくれた送迎車に乗り込んだところで、テオは気持ちを強く固め直した。

――とにかく、話をしよう。

カミラの話から推測した、ある一つの仮説。

この仮説が、もしかしたらフリッツがテオを拒むすべてかもしれない。

それについて、はっきりと方を付けるつもりだった。

「ああ、私たちの可愛いテオ。卒業おめでとう」

「お前は本当に自慢の我が子だよ」

首都を離れ、郊外の城に到着した途端、養父母が玄関で待ち構えてくれていた。一ヶ月ぶりに会う二人はテオを抱きしめ、かわるがわるにキスをくれる。

テオもハグを返して「お二人のおかげです」と感謝を伝えた。

「ケルドアのお兄様たちからカードと花束も届いてるのよ」

「もうみんな集まって、お前を待ってるぞ。待ちきれなくてうずうずしてる者ばかりだ」

養父母に急かされて迎賓室に入ると、五月のホームパーティのときと同じように、ヴァイク元大公家の面々がそろっていて、最年少のレオンはテオが入室したとたん、クラッカーを鳴らした。

「おめでとうテオ！」

親族たちがそれぞれに声をあげる。テオはいつもどおり、長兄のヴィルヘルムから順にハグしていった。

（……フリッツ。やっぱりいた）

挨拶の最中にちらちらと周りを見渡し、ようやくフリッツを見つけた。部屋の隅っこで、やや気まずそうに壁に凭れている。テオとハグをする気はないのか、こちらを見ているものの近寄ってはこない。眼が合うとすっと逸らされたので、テオは少しムッとした。

（無視しろって僕が言ったから、無視のつもり？　ここに来てる時点で意味ないんだけど）

けれど、今日はフリッツと話がしたかったので来てくれていて安堵した。

ほどなくして食事が始まり、テオは年下のアリックスとレオンに囲まれて、オーストラリアでの話をせがまれた。

「一ヶ月もいたのに、博物館しか行かなかったなんて、テオらしいね」

「ずっと論文読んでたんでしょ。次行くときは僕らも同行するから、もっとあちこち回ろうよ」

いつもならこういう話題を甥っ子たちが出すと、必ず割り込んできて「おい、テオと行きたいなら俺に許可をとれ」と威張り散らすフリッツが、今日はおとなしくしている。レオンとアリックスはあまり気にしていないが、テオは分かりやすいフリッツの態度にため息を落とした。

食事を終えたあとは、テオは養父母と一緒にソファに移動し、少し話をした。養父が、預かっていたケルドアの家族からの手紙とプレゼントを渡してくれる。シモンからは、「一度帰っておいで、顔が見たい」というメッセージがあり、それがテオの心を和ませてくれる。

「ねえ、テオ。あなた、フリッツとなにかあった？」

養母は今日のフリッツの様子を見て気がついたらしく、そっと声を潜めて訊かれた。

きっとずっと訊きたくて、我慢していたのだろう。訊いてくる養母の瞳が、好奇心を隠しきれずにきらめいている。

話題に出されたフリッツを見やると、彼は今、部屋の奥で長兄となにやら話している。今日この家に来てから、フリッツはまだ一度もテオに声を掛けていない。普段なら、ありえないことだ。

(お父さんとお母さんに、嘘をつくのは気がひけるな……)

大体、すぐにバレてしまいそうな嘘を言いたくない。

テオはやや緊張したが、養父母を信じてすべてを話そうと決めた。

「……実は、ちょっと前にフリッツに僕の気持ちを伝えたんです」

勇気を出して伝えてみると、養母は明らかに嬉しそうに、「まあっ」と声をあげた。養父も先が気になるようで、ぐっと身を乗り出してくる。

「でも……フラれちゃって。それで少し、ケンカしてる？　すれ違ってる？　ような状況です」

「やっぱり！　一度は断るだろうと思ってたわ。なんて愚かな子なのかしら」

養母はテオがフラれたと聞くと、唇を尖らせてフリッツを非難した。

「臆病だとは思っていたが、テオの気持ちを拒むほどとは。本当にけしからん」

養父はがっくりと肩を落としている。テオは二人が、相変わらず自分に対して甘いことに苦笑しつつも、「一度は断るだろうと思ってた」という養母の言葉が気になった。

(そういえば、先月、庭で話したときも……お母さんは似たようなこと言ってたっけ)

──きっと一回は断るわ。たとえあなたを愛していてもね。あの子は融通がきかないから。だから負けずに何度も伝えてみるといいのよ、そのうち折れるはずよ。

あのときの養母の言葉は、やけに確信めいていた。

もしかして、と思う。

「……あの、実はオーストラリアで、カミラさんにお会いしたんです」

テオがそっと打ち明けると、養父母は互いに眼を見交わした。その視線には、不安そうな色が浮かんでいた。テオがなにかの真実を知ってしまい、深く傷ついていないか、心配しているかのようだ。テオには、そんなふうに見える。

「……そういえばカミラは、あそこにも部屋を借りていたわね」

「テオはカミラから、私の弟の話を聞いたんだね？」

養父は痛ましげな表情になった。カミラの亡くなった夫は、養父の二番目の弟にあたる。早すぎた死のことを、思い出しているのかもしれない。

「……カミラさんから聞いたのは、お二人の馴《な》れそめと亡くなった日のことです。ただ、見せていただいた写真の、叔父様の瞳が……フリッツとまったく同じで」

言った途端、養父母を取り巻く空気に緊張が走った。テオのたてた仮説が、わずかに信憑性を増す。

「やっぱり、なにかあるんですね」

呟くと、養母は首を横にふり、「私たちからは言えないわ」と囁いた。

「……正直言って、なんの根拠もないことよ。私たちはまったく信じていないの。けれど、フリッツは頑なになっていてね。私たちはあの子に、そんな生き方をしてほしくないから、以前はお見合いを勧めていたわけだけれど……」

「テオがフリッツを愛してくれているのなら、きっとカミラが弟にしてくれたように、あいつの心を開いてくれるだろうと思ったんだ。……もちろん、テオを孤独にしたいわけじゃない。我々は迷信を信じていないから、二人が幸せに暮らしてくれると確信してる」

伝えられる言葉の中から、養父母が精一杯、テオを励ましてくれていることが伝わる。

テオはぐっと拳を握りしめた。

フリッツに拒まれ、傷ついていた心のもやが消えていく。アントニーの言うとおり、一回拒まれたくらいで引き下がっていてはダメだったのだ。何度でも伝えるべきだったと感じる。腹の奥に、怒りにすら似たなにか熱いものを感じて、テオは立ち上がった。

「……フリッツと、話してきます」

宣言すると、養母はぐっと両手を握りしめて「頑張って」と眼で訴えてくる。養父も無言で、深く頷いている。善良な二人の様子が可愛らしくて和んだけれど、気を緩めていてはいけない。これからする話し合いは、テオにとって一種の決戦だった。

心の中で決意を固めて、テオは長兄と話しているフリッツのもとへと、まっすぐ進んだ。

「テオ？　どうした？　ウィリー兄さんにお願いがあるのか？」

先にテオに気づいた長兄のヴィルヘルムが、相好《そうごう》を崩しながら声をかけてくる。テオは振り向いたフリッツの手首を、力一杯摑んだ。

「はい、ウィリー兄さん。僕にフリッツを貸してください」

返事も待たずに、フリッツを引っ張る。フリッツがぎょっとして「テオ、おい」と上ずった声を出したが、構わずにぐいぐいと隣の部屋へ向かう。迎賓室に集まっていた親族は、おや、という顔でこちらを見たが、テオは気にしないことにした。きっと彼らも、さほど気にしないでいてくれるはず。

今はそんなことよりも、フリッツに対する腹立ちと、焦燥、熱情に突き動かされていた。今度こそ、フリッツに真実を打ち明けてもらう――。

心の中で、テオはその野心を燃やしていた。


「どういうつもりだ、テオ」

隣室にフリッツを連れ込み、扉を閉めると、フリッツは動揺したように訊いてきた。

部屋は手狭な応接間で、ランプがいくつか点っている。壁は厚いので声が漏れることはない。

「お前が言ったんだぞ、無視しろって。だから俺は声もかけずに――」

(だからそれは、ここに来た時点で意味ないでしょ……でもそんなことより、今は)

テオは強い視線で、フリッツを見つめた。

「カミラさんにお会いした。オーストラリアで。彼女のパートナーの亡くなられた話を聞いた」

率直に言った瞬間、フリッツの顔が歪むのを見た。

――やっぱり！

仮説が的中したのだ。テオは確信した。

絶対に逃がしたくない。一歩大きく踏み込んで、フリッツに近づいた。

「……フリッツは亡くなった叔父様と同じ、インディアンオーナメンタル・タランチュラの遺伝要素を引き継いでる。だから……」

テオは容赦なく、はっきりと告げた。

「だから、自分は早死にすると思ってるんだね⁉」

フリッツが言葉を失い、たじろいだように眼をすがめ、唇を震わせた。動揺が、こちらにまで伝わってくる。

テオは一気に畳みかけようと、言葉を接いだ。

「五月にカミラさんがいらした帰り道で、フリッツは急にインディアンオーナメンタル・

タランチュラの話をした。大公家の始祖《しそ》はその種だったたって。カミラさんのパートナーは、フリッツと同じ瞳の色だった。だから調べたんだ、ヴァイク大公家の系譜《けいふ》を……」

「テオ……」

「始祖だとされてるインディアンオーナメンタル・タランチュラ出身の直系はみんな短命だった。実際のインディアンオーナメンタルもオスの寿命が短い種だ。フリッツはその影響が自分に出ると考えて、僕を愛してるのに、僕を拒んだ！　そうでしょ？」

フリッツの顔が青ざめていく。額に手をあて、小さな声で「テオ」と囁く。

テオはフリッツの答えを待った。どんな言葉でも、受けて立つつもりで。

「……調べたなら分かっただろう。代々、三男に出やすい要素なんだ。そして代々、三男は短命だ」

「それは嘘だよ」

テオはきっぱりと言い切った。カミラと別れ、彼女の言葉の真意を探るうちにたてた仮説がどれほど信憑性《しんぴょうせい》のあるものか知るために、テオはオーストラリアからの帰りの飛行機で、ヴァイク大公家の血筋を隅々まで調べた。難しいことではない。大学のデータ資料室でごく普通に閲覧《えつらん》できる公文書だ。

だから代々の直系三男の寿命と死因は、すべて把握《はあく》した。

「全員が早死にしてたわけじゃない。百歳まで生きた人もいる。確率的に、長男と次男よりは短命だってだけで、統計上有意な数字じゃなかった」

「確率的に短命って時点で、俺はあと五年後には死んでるかもしれないんだぞ」

「だから僕を受け入れられないってこと？」

もう一歩近づくと、フリッツは身じろいだ。

頼むよ、テオ、と弱々しい声が、その唇から漏れる。

「……お前を残して逝《い》くなんて無理だ。叔父が亡くなったときのカミラときたら……本当に辛そうだった。お前にあんな想いはさせられない」

――分かってくれ。

そう言われて、けれどテオは胸の中に、熱い怒りが生まれてくるのを感じていた。分からない。分かるわけがない。フリッツこそ、なにひとつ分かっていない。

大切なことは、そんなことではない。

「フリッツのばか！」

気がついたら、子どものように怒鳴っていた。フリッツが、ぎょっとしたように眼を大きく見開く。

「テオ……？」

「ばか！　まぬけ！　分からず屋……ああもう、なんて言えばいいの……⁉」

思いつく限りの悪口を言ってやりたいが、これ以上のボキャブラリーがなかった。フリッツは低レベルなテオの悪態《あくたい》にぽかんとしている。

テオは腕を伸ばし、フリッツの襟ぐりを掴んで引き寄せた。

「……フリッツ、たった一日でいいんだよ。僕は」

想いをかき集めて、必死に訴える。

分かってほしい。

これがテオの掛け値のない本音だと。真実だと。至上の幸福だと。

間違いなく、これ以上の幸せはないのだと。

「生まれたときから一度だって、僕には普通の家庭がなかった。……ケルドアで、兄さまは愛してくれた。でも家庭じゃなかった。お父さんとお母さんは僕の家族だけど、ここは僕に与えられた家庭じゃない。一度でいいんだ、たった一日でいい。愛している人と、普通の家庭を持って、そこで過ごしたい。それは僕が、一度も手にしたことがないものなんだよ……！」

喉から手が出るほど望むもの。

ほとんどの人にとって、生まれながらに持っているごく普通の家庭。

テオはそれがほしくてたまらない。ただの一度でもいい。その家庭での思い出がほしい。心から安らかに、自分を一番にしてくれる人との日常を過ごしてみたい。そしてその相手は、心底愛した人でなければ意味がない。

自分にも与えられた。

神様は、ちゃんとテオにもごくごく普通の——愛し合う人との日々、その単位としての家庭、居場所を許してくれたと、そう思いたい。

それが幼いころから抱えてきた孤独を、すべて晴らすたった一つの救いになる。

「できれば死ぬまで一緒にいたいよ。でも……たった一日でも満足できる。もし、フリッツと家庭を築けるなら……家族になれるなら、僕はもう一生、その幸福で生きていける……！」

叫んだ瞬間、怒りは消えていく。かわりに、切実な望みが、痛いほどに胸にこみ上げてくる。

フリッツは呆然とした表情で、テオを見下ろしている。赤金の瞳が、答えに迷って揺れている。

「五年後に僕が傷つくことと、今眼の前の僕が傷つくことの、なにが違うの？　受け入れてくれなくても、僕はフリッツが死ねば苦しむけど、もし愛し合えた記憶があれば……きっと立ち直れる。フリッツ、未来の、あるかどうかも分からない想像の中の僕より……」

テオはまっすぐにフリッツを見つめ、声を限りに伝える。

「今眼の前の、僕を見てよ！」

「……テオ」

「想像の中の僕よりも、今の僕を大切にして……！」

フリッツが、くしゃりと顔を歪める。その瞳に、薄く涙の膜が張られるのを、テオは見た。やがて一粒だけこぼれ落ちた涙が、フリッツの頬を伝う。

「……勘弁《かんべん》してくれ」

弱々しく、フリッツが囁く。

常にはないほど、その声は涙でしゃがれていた。

「お前にそんなふうに言われたら、俺に、断れるわけがない……」

うなだれたフリッツが、震えている。

テオはじっと、フリッツの言葉を待つ。

「テオ、お前が傷ついていると知ってて、俺が無視できないのを分かってるんだろ？」

弱々しく言うフリッツが、かわいそうだった。

胸が張り裂けそうなほど、痛んだ。

フリッツの恐怖はどんなものだろう？　たとえばテオが、いつかフリッツを置いて死ぬことを考えたら？

（……とても怖い。この怖さを、フリッツは感じているんだよね）

それでも、自分の気持ちをしまいこむことはできない。

テオはそっとフリッツに体を寄せると、俯いているフリッツの両頬に手をあてた。

そうして背伸びして、その唇に優しく、そっと口づけた。慰めたかったし、ただ単に……今この瞬間も、テオはフリッツの寿命のことなど気にしていなくて、愛していると伝えたかった。

「……一番悲しいのは、愛し合える時間があったのにも関わらず、諦めてしまうことだと僕は思うよ。僕は……兄さまとの時間をずっと惜しんでるから」

七歳で、ケルドアを出たことに後悔はない。けれど、時々は考えてしまう。

自分がもっと大人だったのなら、兄の負担を軽くできた。シモンを、まともに愛する時間を持てただろうと。

その悔恨は、どれほど思い返しても今さらどうしようもないことだ。

「僕は……フリッツとのことで、同じ後悔をしたくないよ」

無言だったフリッツが、いつしか諦めたようにため息を漏らした。

「俺は来年、四十なんだぞ……」

「知ってるけど」

「お前はまだ二十歳だ」

「もう大人だよ」

「……叔父は四十五で亡くなった」

「五年あれば十分だけど、僕はそもそもフリッツが死ぬと思ってない」

これ以上確認することがなくなったのか、フリッツが黙る。

やがて俯けていた顔をあげると、フリッツはテオを見つめてきた。テオは端整なフリッツの美貌を、じっと見返す。けっして視線は逸らさなかった。一分の不安すら、フリッツに見せたくなかった。

「……分かったよ」

観念したように、フリッツが囁く。

赤い瞳は揺れ、奥できらめく金の瞳孔が震えている。

泣き出しそうな声音で、フリッツが言う。

「愛してるよ、テオ」

なんて気の抜けた、ロマンのない「愛してる」だろう――。

それなのに、テオの胸は高鳴り、頬は熱くなる。喜びが背を駆け抜け、感情が飽和《ほうわ》しそうになる。

フリッツがついに、とうとう、真正面から――テオを愛していると言ったのだ。

「僕も！」

間髪を入れずに叫んでいた。

「僕も愛してる！」

飛び上がって抱きつくと、降参したフリッツが、テオの腰に腕を回してくる。その腕のたくましさに、引き寄せられて合わさった厚い胸板に、テオは胸が痛いほどに大きく鳴った。

ゆっくり、唇と唇が触れあう。それだけで、泣き出しそうなほど嬉しい。

「……ん」

初めてちゃんと、キスをした。

フリッツからしてくれたというだけで、腰がくだけそうなほどに気持ちよくなる。フリッツはそっと唇を離すと、舌先で少しだけテオの唇を舐めた。

「……っ」

テオはその刺激だけで、びくりと体を揺らしていた。

顔を離したフリッツが、苦笑してテオを見ている。

「……はは、犯罪を犯してる気分だ」

初めての正式なキスの感想としては、不合格だった。テオはムッとして、フリッツの胸を軽く拳で叩く。

「そこは可愛いとか、嬉しいとかでしょ？」

「あはは……」

フリッツは気が抜けたように笑っている。なにがおかしいのか分からなかったが、しばらくすると、憑きものが落ちたような顔で「白旗をあげるよ、テオ」と囁いてくる。

「……本当に、お前は世界で一番、美しいよ。出会ったときから、今までずっと」

フリッツの瞳には、テオに対する愛情がにじんでいた。

慈しみ、撫でるようなその眼差しに、胸の奥がむずむずして、テオはフリッツの胸に頬を擦り寄せて、その広い背中に腕を回し、ぎゅっと抱きしめた。

(成功したんだ)

ようやく、フリッツが自分を受け入れてくれたのだと、噛みしめるように思う。今さら、上手くいかなかったらどうしようと不安になっていた気持ちがぶり返すようにやってきて、心臓がどくどくと跳ねていた。

フリッツはそんなテオをなだめるように、優しく抱きしめ返してくれる。

「明日になって、やっぱり無理とか言わないよね？」

テオが確認すると、フリッツは苦笑気味に「どれだけ信頼がないんだ、俺は」と呟いた。

小さくため息をこぼしたあと、フリッツが覚悟したかのように、息を吸い込んだ。

「……家庭を持つのを前提に、交際してくれるか？」

頭の上から、柔らかな声で問いかけられる。

「うん。交際する。……フリッツ」

フリッツを抱きしめる腕に力を込めて、テオは答えた。

「ずっと交際する。……家庭を持っても、ずっと」

強調するテオに、フリッツが喉の奥だけで笑う気配がした。

その優しい声音と、耳に伝わるフリッツの心音を聞いているうちに、不安が溶けてゆく。

胸は熱く高鳴り、ふわふわと足下がおぼつかない感覚になりながら、テオは深く息を吸い込んだ。

——これが、幸福なんだ。

はっきりとそう思った。

九

テオとフリッツが選んだ新しい関係は、「結婚を前提とした恋人同士」に変わった。

養父母には、ホームパーティの最中に、テオからこっそりと報告した。二人とも喜んでくれたが、特に養母は浮かれて「それで、来週には届けを出してきたらどう？」と勧められた。

フリッツは気恥ずかしいらしく、テオが報告しているのを遠目に見ているだけだった。

親族への公表は時期をみておいおい、というより、養父母が根回しをしてくれることになった。いきなり話して驚かせないように、という配慮らしい。本当に頼もしい二人だと、テオは心から感謝した。

恋人になったので、フリッツはテオの部屋に戻ってくるかと思ったが、「もう少し待ってくれ」と言われてしまった。テオはもう気持ちを隠さなくていいのだから、一日でも早く一緒に暮らしたいと思っていたけれど、フリッツには準備が必要だという。

「なんの準備？」

パーティからの帰りの車中、思わず怪訝《けげん》な顔でそう訊くと、

「……次にお前とベッドに入ったら我慢できるか分からないだろ。……だから、こういうのは筋を通してからだ」

と頬を赤らめて言われた。

テオとしてはすぐに抱き合いたいくらいだったし、十九歳も年上のフリッツが乙女のように恥じらうのに驚いたが、可愛らしいからいいか、と納得することにした。

とりあえずは、フリッツが言う「筋を通す」のを待つつもりだ。

人生で一番の悩みが消えたテオは晴れ晴れとした気持ちで、進路についてもあっさりと答えを出せた。

「一年はギャップイヤーで休むことにして、フリッツの助手をやるよ。来年にはヴァイク国立大学に戻ってマスタープログラムに申し込む。マスターをとったらまたフリッツの助手にして」

ケルドアへ向かう車の中でテオが話すと、フリッツは「それはいいが……」とやや困惑気味だった。

「俺の助手はさほど仕事がないぞ？　たまに共同研究のチームに入るとき以外は、それほど大きな研究はしてないからな」

「べつに構わないよ。僕も個人資産はあるから自分の研究はゆっくり続けるつもりだし、

そもそも僕とフリッツで共同研究できるんじゃない？　分野としては近いんだし」

「お前はもっと前途のあるラボに入ることもできると思うが」

テオの選択だと、華々しい研究者としての道は、たしかにほぼ閉ざされてしまう。けれど一番ほしかったものを手に入れたテオは、もう人生の軸に迷ったりしない。なんの功績もいらない。自分の生活に必要なものは、フリッツとの穏やかな日常なのだ。

「心配しなくても、フリッツはこれまでの研究業績をきちんとまとめてないし、特許のとれるものも放ってあるでしょ？　僕が助手になったら全部洗い出してまとめて、論文誌に通すし、助手代くらいの利益は出せるようにするつもりだから」

フリッツは自分の研究成果にずさんで、本当に必要なもの以外には手をつけていないため、長年のデータの蓄積の中には、それだけで有名誌に載るようなものもいくつか放置されていることを、テオは知っていた。

共同研究者の名分《めいぶん》でそれらをまとめ直せば、研究成果の使用料だけでテオの給与くらいは賄える。そしてテオはこれから先、フリッツが取りこぼしたものを世の中に伝える仕事ができるのなら、これ以上のことはないと思えた。

「いつか誰かの役に立てたらいいなと思う仕事をする」のも、テオの幸せな日常にあってほしいものの一つだからだ。

こうして進路の方向性が決まったので、オーストラリアのクロイサーには、申し訳ない気持ちを抱えつつも断りの連絡を入れた。気の良い彼は「またいつか学会ででも会おう」と言ってくれた。アントニーには、断った報告と、これまでの親切へのお礼を伝えた。フリッツと交際していることを伝えるか迷ったが、遠い異国の地にいても同じ国の貴族という縁がある彼には、数年経ったころに自然な形で耳に入る可能性が高いと思って、今は言うのをやめておいた。善良なアントニーは、テオの選択を残念がりながらも、少しだけホッとした様子だった。きっと、失恋相手と四六時中顔を合わせているのは、彼だって気まずかったのだろう。

そういうわけで、テオが説得するべき相手はフリッツだけだ。

「……一年の半分も離ればなれで暮らすのが、僕はいやなの。僕にとっては仕事の成果より、フリッツと過ごす日常のほうがずっと大事だから」

いつまで経っても「もっといい研究環境が……」と言い続けるフリッツに、テオは何度めかの率直な気持ちを伝えているところだった。

外は晴れていて、ドライブにもってこいの気候だった。いつものように運転席にフリッツが座り、テオは助手席で話をしていた。

離ればなれの生活は耐えられない。

そのテオの気持ちを訊くと、フリッツは黙った。やがてその白い肌が、じわじわと赤らんでいく。

そんなフリッツの姿を見て、テオは自分もドキドキと胸を高鳴らせた。

（……フリッツが、可愛い）

親子ほども年が離れている相手に、こんな感情を抱くなどとは思っていなかった。

けれども、交際を始めてからのフリッツは、テオが愛情を表現するたびに不器用に照れている。フリッツからの愛情表現はまだそれほど多くはない。それでも、赤らんだ顔をテオから逸らしつつ、

「……分かった。じゃあ、なるべく一緒にいよう。お前がマスターを取ってる間は、俺もできるだけヴァイクで過ごすよ……」

と、嬉しい約束をしてくれる。

「本当に？　僕の部屋で暮らす？」

「ああ……。でもあそこは狭すぎないか？　寝室も、いざというときのために二つはあったほうがいい」

「いざというときってなに？」

「ほら……俺とお前がケンカした日とか……」

助手席から身を乗り出して訊くテオに、フリッツは真っ赤な顔で答える。

「ケンカしたら僕とはそういうこと、しないってこと？」

分かっていて訊くと、フリッツはぎょっとした表情になり、

「なんてこと言うんだ！」

と慌てていた。

その際間違ってアクセルを踏み込んだらしく、一瞬車のスピードが上がり、フリッツは慌てて速度を落としていた。

「僕は狭いくらいがちょうどいいな……家にいるときはずっとくっついてたいんだ」

からかうつもりではないが、赤い顔をしているフリッツに言いつのると、とうとうフリッツは黙り込んでしまった。

図体も年齢も自分よりよほど大きな男相手に、可愛いなという気持ちが芽生えてしまうのを、テオは止められなかった。

なにもかもが順調で、幸せに思えて、ドライブの間中、テオは鼻歌を漏らす。

とはいえケルドアへの国境が近づいてくるにつれ、フリッツの顔色は極度の緊張で悪くなっていったので、テオは自分だけが浮かれているのは申し訳なくなってきた。

ついにケルドアに入るころには、赤かったフリッツの顔は青くなっていた。

この日、フリッツが言うように「筋を通すため」——テオとフリッツは、二人の交際を、兄のシモン・ケルドアに伝えにきたのだった。

「テオ！　会いたかったよ」

懐かしいケルドア城で出迎えてくれた葵《あおい》――兄の伴侶は、対面した瞬間、感極まったようにテオを抱きしめてくれた。

「アオイ、僕も会いたかった……」

なかなか帰れなかったので、ケルドアの家族とはおよそ一年ぶりの再会だった。

黒髪に、青と橙のオッドアイという神秘的な風貌の葵は、初めて会ったときから変わらず美しく、優しい眼差しでテオを見つめてくれるけれど、昔より少しふっくらとして、幸せそうに見えた。

ついこれまでの癖で、テオは葵の眼の中に小さな絶望がないか確かめてしまう。けれど葵は心から笑っている様子で、そのことにホッとする。

「テオ」

次に腕を広げて待ってくれていたのは兄、シモンだ。

長身で、体格のいい兄は、銀髪に碧眼《へきがん》という神々しいほどの美丈夫《びじょうぶ》だった。この兄を、国民が神のように思い、崇《あが》めるのも仕方がないと思わせるほどに美しい。

それでもテオにとってはただ一人、色濃く血を分けた兄弟なので、臆《おく》せずに抱きつきに行くと、シモンは口元をほころばせた。兄の顔は血色がよく、その瞳にはテオを慈しむ色がある。兄も幸せそうで、テオは内心喜んだ。

十二歳になったシモンと葵の子ども、テオにとっては甥っ子にあたる空《そら》も、挨拶にハグをしてくれた。以前は小さかったのに、もうテオよりも背が高くなっている。

六歳のロイ、五歳のサフィ、四歳の双子、シエルとエメル、末っ子のフリュエルはまだずっと小さい。テオはかわいい甥と姪をぎゅうぎゅうと抱きしめ、ころころと笑い声をあげる彼らを撫で回して、再会を喜んだ。

その間、フリッツは始終硬い表情で、葵から「フリッツ？　どうしたの？」と気遣われていた。

ケルドア城での滞在期間を、テオは二週間とっていた。

これでも短いほうである。葵とシモンからは、「ギャップイヤーをとるのなら、半年はいたらどうか」と言われていた。ちなみに、テオは進路についてギャップイヤーの間フリッツの助手をするとは伝えておいたが、マスタープログラムを終了したあとも、助手に戻るとまでは言ってない。

それを伝えると、二人の関係を疑われるだろうと思ったからだ。

結局、込み入った話がある、とフリッツが切り出して、元大公夫妻と四人での会話の場が作れたのは、子どもたちがベッドに入ってからだった。

それまでは、久しぶりに帰ってきたテオを子どもたちが放してくれなかった。テオも大事な甥姪と過ごすのを楽しみにしていたので、天気のいい庭先でボール遊びをしたり、室内でお絵かきごっこをしたりとたっぷり付き合った。

いつもはその輪に遠慮なく入ってくるフリッツだが、今日ばかりは緊張しているらしく、「夕飯まで軽く仕事してくる」と城外の病院へ逃げていた。

フリッツはケルドアによく滞在しているので、そんな態度をとっても特に怪しまれない。彼は普段から、大公城ではなくケルドアの国立病院に併設されたアパートで寝泊まりしている。

とはいえテオのついでに招待されていた夕食には同席したため、子どもたちが寝付いたあと、大人だけでこじんまりとした応接間に集い、軽く酒でも飲もう、テオの進路先についても聞こう、という空気になってから、フリッツは本題を切り出した。

テオが見ていてもかわいそうになるくらい、ガチガチに強張った顔で、

「……テオと、結婚を前提に交際してる」

と。

告白した瞬間、水を打ったように室内は静まり返り、テオも緊張して、思わず息を止めてしまった。フリッツは、かわいそうなくらい真っ青だった。

「え！　嘘！」

最初に声をあげたのは葵だった。驚いたように口元に手をかざしていたが、すぐに笑顔になり、ぱっとテオを見た。

「よかったね、テオ」

「アオイ……」

その反応から、テオは葵に気持ちがバレていたのだと気がついた。恥ずかしかったけれど、真っ先に祝福をしてくれるのが嬉しくて、緊張もほぐれ、「うん、ありがとう――」と言いかけて、兄のシモンが無反応なのが気になった。

見ると、シモンは愕然とした顔で固まっていた。

「……ちょっと待ってくれ。なんだって……？」

「だから、テオと交際している。いずれは結婚するつもりで……」

「いや、聞こえてなかったわけじゃない、何度も繰り返すな。……ああ」

シモンはうなだれ、その美しい顔を片手で覆った。かと思うと、その手を離し、いきなりフリッツのほうへ身を乗り出す。

「フリッツ……まさか先に手を出したんじゃあるまいな……」

地を這《は》うような声音だった。

鬼気迫る表情の兄へ、フリッツは真っ青になって「そんなわけないだろ！」と叫んでいた。シモンの身体から、ハイクラス特有の威嚇《いかく》フェロモンが溢れ、葵が思わずというように、テオを抱き寄せてきた。たぶん、守ってくれているのだろう。

テオは血が繋がっているせいか、シモンのフェロモンにはさほど驚かないので、葵の腕の中から怒れる兄と、その威圧を受けて顔をしかめるフリッツを眺めていた。

　シモンの反応は、想定外のものではなかった。だからこそフリッツも緊張していたのだから。

「おい、落ち着け。……お前の怒りは分かったから」

　フリッツが、ため息交じりにシモンをなだめている。

　テオは葵の腕をそっと解いて立ち上がると、はす向かいの兄の席まで近づいた。そうし
て床に座るように屈み、兄の袖をひいた。兄さま、と呼びかける。

「兄さま……僕が好きって言ったの。だから、許してください」

　じっと兄を見つめて懇願すると、テオに甘いシモンは「うっ」と唸ったあと、心臓のあ
たりを抑え込んだ。やがて、ため息をつきながら体勢を立て直すころには、恐ろしい威圧
のフェロモンは消えていた。

「……お前が、本当に望んでいるのなら、仕方がない」

　許しがおりてホッとしたものの、シモンはすかさずフリッツを睨み付け、

「必ず幸せにしろ」

　と念を押すのを忘れなかった。フリッツはしおれた葉っぱのような様子で、

「……分かってるって」

　と返している。

「本当に分かっているのか？　お前は生涯、テオを見守るだけだと思っていた」

「俺だってそのつもりだった」

「責任を取るというのなら、どのくらいの気概《きがい》なのか聞きたい」

言い合う二人の間に、葵がたまらなくなったように割って入った。

「やめて、やめて。シモン、シモンだってテオがフリッツを愛していたのを、知ってたろ？」

葵の言葉に、テオは眼を丸くして驚いた。思わず兄を見上げると、シモンはバツが悪そうに眼を逸らす。

（……そうか。二人にはバレてたんだ）

おそらく、シモンがあっさりと退いたのもテオの気持ちを知っていたからだとすれば、合点がいく。

「……知っているからといって、容認していたわけではない」

ぼそぼそとシモンが呟いたが、葵は「往生際が悪い」と肩をすくめた。

「――テオが幸せなら許す。だが、不幸にしたと分かったらすぐに返してもらうからな」

シモンは眼光強くフリッツを睨んで、そう言い切った。

「まったく、なんのためにヴァイク家が養子にしたがるのを止めてきたのか、分かったものじゃない……。フリッツ、結婚するならさっさとしろ。ケルドアへの里帰りは頻繁でなければダメだ」

とげとげしい声と据わった眼で、シモンがフリッツに命じた。テオは慌ててまた、シモンの袖を引いた。

「兄さま。それなら僕、どうせフリッツの助手としてずっと働くつもりだから、前より帰ってこられるようになるよ。一年の半分はケルドアにいる」

そう伝えると、葵が「本当？」と弾んだ声を出した。シモンもハッとしたようにテオを見る。鋭かった眼光が穏やかになり、期待を含んできらりと揺れている。テオの提案を、悪くないな、と思っているのが兄から伝わってきて、テオはやっと微笑んだ。

「助手は一年だけじゃないの？」

「マスターをとったら、戻って助手になるつもりなんだ。フリッツの研究にはまとまってないものも多いから、それを僕が担当すれば、十分利益は出ると思ってて」

「……なるほど。たしかにそれはいいかもしれないな。……お前なら、財団の仕事も手伝えるはずだ」

シモンが急に前向きな検討を始めると、フリッツがやや慌てたように「シモン、財団にテオはやれないぞ」と釘を刺した。

「財団の拠点はケルドアだろ。テオを預けたら一生返さないに決まってる。……俺の助手になるってもう話はついてるんだからな」

テオがいつまでも床に座っていたからか、フリッツが見かねたように立ち上がり、そっとテオを抱き起こして自分の隣へ座らせてくれる。テオが座ってからも、フリッツは腰に手を回したまま、なぜだか自分から離れないようにとぐっと引き寄せてくれた。

そのことに、テオはどぎまぎとした。触れられている部分が、熱く感じる。

見ていたシモンはムッとしていたが、フリッツはなにか振り切ったような表情に変わっていた。

「……シモン。ちゃんと責任を持ってテオと一緒になるよ。大事にする。……俺が死ぬまで、一生そばにいるつもりだ」

しおれた様子だったフリッツが、覚悟を決めたのか、ついに堂々と宣言した。テオはもう、兄や葵の反応も気にせずにただフリッツのその態度が嬉しくて、大きな体に自分の体をぴたりと寄せた。

フリッツは頬を赤らめ、「テオ……」と困ったように囁いた。

シモンはまた少し苛立っているように顔を暗くしていたが、葵はくすくすと笑っている。

「幸せそうだね、テオ。……よかった」

そっと言われて、テオは葵に眼を向けた。葵の慈愛《じあい》に満ちた視線は、多くのことを語っている。

七歳で葵と出会ってから今まで、お互いの身になにがあったかを、誰よりも知っているからこそ、葵はテオがどれほどの幸福を手に入れたのか、きっと理解してくれている。

テオは満面の笑みを浮かべて、「うん」と頷いた。

「チョコレート・チョコレート・チョコレートより、ずっといいものなんだ」

テオを見つめる葵の目尻が、わずかに赤らんでいた。

──もうきみの幸福を心配しなくてもいいんだね。

なにも言われなくても、葵はそう言っている。

そんな気がした。


シモンと葵への報告が終わったあとは、それぞれの寝室に行くことになり、テオとフリッツは廊下で二人きりになった。フリッツは腹の底からすべてを吐き出すかのような深いため息をこぼして呻いた。

「……胃に穴が空くかと思った。シモンのやつ、俺のことを殺しそうな眼で見てたな」

テオには、そこまでだったろうか？　と思えたが、フリッツから見る景色はまた違ったのかもしれない。

「お前は二週間、ケルドアで過ごすんだったな。俺は今日だけ客間を借りてるから、また明日……」

廊下の途中、フリッツの客間とテオの居室へ向かう分岐点に立ったところで、フリッツがそう言う。テオは思わずフリッツの袖をつまんだ。恥ずかしいけれど、気持ちのほうが先走っている。ドキドキしながら、上目遣いにフリッツを見やる。

「……筋は通したのに、しないの？」

「……っ」

フリッツが、あからさまに動揺して息を呑むのが分かった。端整な面立ちが真っ赤になり、それを見るとテオまで羞恥心が煽《あお》られて、頬が赤らむのが分かった。

「こ、ここではしない……」

やがて、絞りだすような声でフリッツが言った。

「小さかったお前が育った城ではできない……」

「ええ？」

テオは不満に声をあげた。折角のいい雰囲気も消えて、頬の熱もさっとひいてしまう。

「無理だって！　俺を犯罪者にしないでくれ」

「僕はもう二十歳だよ？　大人なのに……」

言いかけたところで、ぐいと引き寄せられて唇を塞がれる。逞しい体に抱き込まれて、フリッツの体温を近くに感じると、テオはとろんと意識が溶けてしまった。大きな身体に包まれると、その中にずぶずぶと混ざり合うような心地よさがある。小さく開けた口の中へ、フリッツの熱い舌が差し込まれ、優しく中をまさぐってきた。

ただそれだけで、ぞくぞくと背筋に淡い快感が走った。

「ん……フリッツ」

甘い声が出る。フリッツは唇を離すと、テオの頰に、己のそれを擦り寄せた。

「……今日はここまで。続きはここじゃないとこでさせてくれ。……頼む」

その「頼む」の響きはあまりにも切実だった。

湧き上がっている興奮を、無理やり抑え込んだようなしゃがれた声音。顔を見ると、フリッツは本当に苦しそうで、額にはしっとりと汗が滲んでいた。

……ずるい、と思ったけれど、

(ちゃんと僕で、欲情してくれてるんだ)

と思うと嬉しくて、それだけで許してしまう。

なにより、いつも余裕ぶっているフリッツが、情欲を押さえて困っている様子が愛しい。

早く繫がりたいけれど、十数年待ったのだからあと二週間くらい追加されても平気か。

そう思って、テオは頷いた。

「……分かった。でも、どこでなら、続きをしてくれるの？」

フリッツは困り顔でテオを見つめ、しばらく黙ったあと、少し自信がなさそうに答えた。

「……ヴァイクの、お前の部屋。あの小鳥部屋みたいな狭いベッドでなら……？」

なぜ疑問形なのか、とテオは思ったけれど問いただしたりはしなかった。

ただ二週間後、自室へ帰るときが楽しみだと思いながら、愛しい恋人の唇へ、軽く口づけをした。

「……その、本当に今日するのか？」

二週間後のヴァイク、テオの小さな部屋の、狭いベッドの上で既にガウン一枚になったフリッツが顔を赤らめて言う。

さすがのテオも、これには忍耐が切れてしまいそうだった。

「するのか？　って……もう僕もシャワーを浴びたし、準備は万端なんだけど」

ケルドアでの二週間は、実に楽しい夏期休暇だった。

甥姪たちと毎日遊び、海や山へ出かけ——シモンも数日仕事を休んで、家族水入らずの時間を過ごせた。

けれどどれほど楽しい日々でも、テオの頭の片隅には常にフリッツとの初夜への妄想があった。早く抱かれたい、あの体にもっと触れてみたいし触れられたい、キスより先のことをしてみたい……というばかばかしいほど俗っぽい欲望は、日に日に蓄積していった。

なにしろフリッツは、ケルドアに滞在中の間、ほとんどテオに会いに来なかった——公私混同してしまうからとか、シモンの前だと気まずいとか、いろいろな理由があるのは知っている。

とはいえ、テオなりに淋しかったのだ。

葵の診察で訪ねて来たフリッツと、束の間の逢瀬《おうせ》で軽いキスを交わすくらいしか、恋人らしいことはなかった。

だからこそ、ヴァイクに戻ったら絶対に抱かれると決めていたし、フリッツにもそう言っておいた。フリッツは照れながらも了承してくれたし、ついに今朝、ヴァイクに戻って来て、今夜は夕飯も軽くすませ、交代でシャワーを浴び……二人はガウンの下は裸の状態で、テオの小さなベッドで向かい合っている。

ここまで来て、「本当に今日するのか？」は、いくらなんでもない、とテオは思った。

「……なに。僕にはやっぱり魅力がないって言いたいの？」

「そんなわけないだろ！」

テオが苛立って言うと、フリッツが慌てて訂正してくる。大の大人がおろおろしながら、

「ただ、俺はお前より十九も上だから……」と呻く。

「怖じ気づくんだよ、仕方ないだろ……こんな若い子に手を出していいのかって悩むのは」

「……」

まるで少女のように頬を赤らめ、眉根を寄せて恥じらうフリッツを、テオはしらけた態度で見つめていた。

付き合い始めてからというもの、フリッツはテオとの接触にやたらと照れる傾向がある。テオの愛情表現を受け取るたびに、困った顔をしたり、驚いたりしている。

それは可愛らしいと思う。十九も上の男が、テオの一挙一動《いっきょいちどう》にいちいち反応しているのだから、愛しくないわけがない。

（でも、それも限界があるでしょ）

性体験のまったくないテオが積極的で、それなりの数をこなしてきただろうフリッツがこうも恥ずかしがっているのは異様だ。その可愛らしい恥じらいも、度を超えれば鬱陶《うっとう》しいのだと言いたくなってくる。

（抱かれるのは僕でいいんだよね？　だったらなんでフリッツがこんなにオドオドしてるんだか、意味が分からないよ）

交際はセックスがすべてではないが、テオはさっさと経験したかった。フリッツに、ちゃんと恋人として扱ってもらいたい。幼いころから面倒をみてきた可愛い弟分というだけの存在ではないと、分かってほしいのだ。

できることなら自分のために乱れ、正気を失うフリッツを見てみたかった。

世界中の誰よりも、一番に、フリッツに求められたい。

我を忘れるほどに激しく、テオが必要だと思われたいのだ。

「……フリッツ。いい加減にしてよね」

気がついたら、低い声が出ていた。ぴくりと肩を揺らして、不安げにテオを見るフリッツへ、ぐいっと身を乗り出す。そうしてテオは、いつだったかと同じように——フリッツのガウンの襟ぐりを摑むと、力任せに引き寄せて、キスをした。

「テ、テオ」

焦ったフリッツの声。

けれど取り合わず、その腹に馬乗りになって体重をかける。キスをしながら、テオはフリッツを押し倒していた。

頑なに開こうとしない唇を、何度も舐めてアピールすると、フリッツはようやく口を開けた。テオは小さな舌を、その大きな口の中に差し入れて、不器用に探った。

「ん……んっ」

一生懸命、誘うようなキスをする。自分の下半身が硬くなってきて、体が火照《ほて》る。熱を分けるように、ガウン越しにフリッツの肌にそれを擦りつけたら、尻の狭間に硬いものがあたって、テオはハッと顔をあげた。思わず、振り向いてしまう。

薄い絹のガウンを持ち上げて、フリッツのそれが勃ちあがっている——。それを見た瞬間、胸の中で花火があがったような高揚感があった。

「……こら、そんなにまじまじと見るな」

フリッツは弱り切った声で言うと、下からテオを睨んできた。テオは嬉しくて、微笑んでしまった。

「フリッツ、勃ってる」

「……っ、そりゃ、勃つだろ……」

恥じ入るように呟くフリッツは、愛らしい。けれど、可愛かったのはここまでだった。

次の瞬間、テオは腕をとられてぐいと押されていた。簡単に転がされて、ベッドの上に仰向けになる。覆い被さってきたフリッツの息は荒く、その顔は熱と欲望に浮かされていた。

赤い瞳の奥、金色の瞳孔が一際強くきらめいている。

「抱くぞ、テオ」

言われた瞬間、心の中でサイダーの泡が弾けるような気がした。ときめきが全身を震わせる。途端に、テオの体からなにかが抜けていき、ベッドの周りに白いものが飛び散った。

「……っ、なんだこれは……」

驚いたように、フリッツが眼を見開く。テオも、見たのは初めてだった。

真っ白な糸でできた蜘蛛の巣のようなネットが、テオの体の周りにいくつか張っていた。

「……まるで、蜘蛛の補足巣みたいな……」

「……レディバードスパイダー起源種の人間が、張るネットだよ。……僕もよく知らないけど、愛する人を捕まえて、セックス……するための巣なんだ」

こんなふうに出てくるのか——知らなかったから、まさか自分がこのネットを張るなんて、思ってもいなかった。レディバードスパイダーを起源種にした人間は少なすぎるから、この生態もそれほど知られていない。小型の蜘蛛には、パートナーを誘うためにネットを張っておびき寄せる種がいくつかある。テオが小さなネットを体から放出させたのも、眼の前のフリッツを、捕まえておきたい一心からだ。

「……こんな作用があるのか？　……知らなかった」

ネットをまじまじと見つめられると、愛してると言うよりも恥ずかしかった。フリッツに抱かれたくてたまらない自分の本能が、そこに否応なしに現れているようで。

巣の中でもじもじと足をすりあわせ、顔を真っ赤にしてフリッツを見ていると、フリッツはそんなテオを見てこくりと唾《つば》を飲み下した。

わずかに身じろいで、近づいてきたフリッツの表情が、今までになく熱に浮かされて見える。

「……お前が誘い込んでるのか？　俺を……？　セックスしたくて？」

「……っ」

改めて訊かれると羞恥に襲われる。違うとは言えない。本能的にネットまで張ったのは、間違いなく抱かれたいからだ。フリッツの指先が小さなネットに触れると、他のものも合わせて、泡が弾けるようにぱちんと消える。かわりに、濃厚で甘い香りが部屋いっぱいに漂った。嗅《か》いだことのない匂いに、テオが眼を見張った瞬間、「ああ……」とフリッツが息をこぼした。

「お前のフェロモンの匂いだ。……知らなかった。レディバードスパイダー出身者は、こうやって相手を誘うんだな。……酔いそうな匂いだよ、テオ」

（……これ、僕の匂いなの⁉）

ロウクラスはフェロモン香が弱いから、テオは自分の匂いを初めて知った。甘い香りはまとわりつくようにフリッツを取り巻いている。フリッツは息を浅くして、本当に酔ったようにふらつきながらテオを組み敷いた。

「……くそ、冷静でいたいのに……」

苦しそうに独りごち、フリッツは頭を振った。

「先に謝っておく。……実は、かなり久しぶりなんだ。たぶん、あまり上手くできない……」

その言葉に、テオの胸が跳ねた。

「……久しぶり？」

「そうだよ、お前が十三になるくらいのころから……もうこういうことをする相手はいなかったから……やり方を覚えてるか、不安だ」

絞りだすように吐露《とろ》される不安に、けれどテオはときめいていた。

（僕が十三歳からって……もう七年も、フリッツは誰ともしてなかったんだ）

そのことが、とてつもなく嬉しい。同時に、上手にできないかもしれないと懺悔《ざんげ》するフリッツが、可愛くて仕方がなかった。

腕を伸ばして、テオはフリッツの頭を引き寄せる。フリッツはおとなしく、テオの首筋に顔を埋《う》めた。

「いいよ。……僕で思い出して。でも、僕のことだけ、考えて抱いてね」

「……当たり前だろ」

他のことなんか、考えられるか、とフリッツはどこか苦しそうに呟いた。

刹那、うなじに舌を這わされて、テオは「ひゃっ」と身を竦めた。

ぞくぞくとしたものが、背筋を駆ける。フリッツはテオの匂いに酔いしれたかのように、うなじから耳、こめかみ、額へとキスを続け、ガウンの隙間から体を撫でてきた。

「テオ……悪い。我慢できない」

その謝罪からあとは、最初の恥じらいがなんだったのかというほどに、フリッツは積極的だった。

大きな手はテオの全身をまさぐって優しく愛撫してくれた。

胸の頂《いただき》をくすぐり、引っ張られると、下腹部がきゅうと締まって異様な快感がのぼってくる。

「あっ……あっ」

「テオは乳首も弱いんだな、覚えておく」

乳頭を舐めながら、フリッツはテオが声をあげる場所を丁寧に、一つ一つ拾っていった。

前の性器を口に含まれると、腰がくだけそうになった。

あまりの愉悦《ゆえつ》に腰がガクガクと揺れ、テオは涙ぐんで離して、と頼んだけれど、結局達するまで放してはもらえず、吐き出した白濁《はくだく》はフリッツの胃の奥へ飲み込まれた。

やり方を覚えているか不安だと言っていたくせに、フリッツは手際よくテオの後孔をほぐし――中のいいところを擦られて、テオがやがて精を出さずに極まると、「メスイキって言うんだぞ」といらないことを教えられた――あっという間に、太い剛直《ごうちょく》を、テオの後ろに押し当ててきた。

「……はあっ、あっ、フリッツ……」

「いいか？　入れていいか？　……あ、入ってしまう。テオ、本当にいいか？」

何度か達したあとのテオは息も絶え絶えだったが、フリッツのほうも余裕がなさそうだった。後孔に押し当てられたフリッツの性器は、既に先走りで濡れていて、ローションでほぐされたテオの後ろに当たるたびに濡れた音がした。

フリッツはふうふうと息をこぼしつつ、自分の性器にゴムをつける。その一瞬の仕草すら性的で、卑猥《ひわい》なものに見える。

「……ゴムをしたから、いいか？　テオ……」

もう理性が切れてしまいそうなのに、フリッツはぎりぎりのところで耐えながら、テオに許可をとってくる。

その姿に、胸がぐっと絞られるように痛む。

これは愛ゆえの痛みだろうと、テオはうっすらと思った。

「……いいよ、フリッツ。お願い、入れて……」

最後まで言う前に、質量の大きなものが、テオの中に勢いよく入ってきた。前立腺をこすられ、奥の奥まで埋め込まれる。

「あっ、ああ……っ、ああああん！」

激しすぎて痛いほどの悦楽《えつらく》。つま先をぐっと丸めて、テオはその愉悦が落ち着くのを待つ。けれど間髪《かんはつ》を入れずに、フリッツが動き始めた。

「……っ、悪い、テオ、次は……優しく、するから」

「あっ、あ、あっ！」

圧迫感が次第に甘い悦楽へ変わる。テオの体から白いネットがこぼれては、張り切れずにぱちんぱちんと弾けた。甘い香りが濃くなるたびに、意識がもうろうとし、痛みは快楽へと変わり、ついには腰から下がくだけそうなほどの快感にとろけていく。

「ああ、ああっ、あっ」

肌と肌のぶつかる音が激しく室内に響き、小さなベッドが軋《きし》む。壊れてしまうかもしれ

ない、と少しだけ怖くなる。

テオはフリッツにしがみついた。大きな体は、じっとりと汗ばみ、驚くほど熱い。

涙ぐんだ眼でフリッツを見ると、赤金の瞳は感じ入るテオのことを、少しも見逃すまいというように瞬きもせずにこちらを凝視していた。

「あ……っ」

(今、僕は……)

フリッツにとって、ただの弟じゃない。

——抱く対象、性を満たす相手、恋人で、欲を覚える相手なのだ。

そう思った瞬間、テオはフリッツのものを強く締め付けながら達していた。

快感が波のように全身を覆い、声もなく遠くへ意識が押しやられる。

「……っ、あ、あ、ああ……っ、んー……っ」

「……っ」

フリッツが苦しそうな吐息をこぼしたと思うと、びくりと震える。彼が吐精したことを、テオはどこかもうろうとしながら感じ取った。腹の中が、ほんの少し温かかったから。

激しい愉悦が、ゆっくりと落ち着いていく。

部屋の中に、二人の荒れた息の音が響いている。

やがて、フリッツはゆっくりと性器を抜き出して、コンドームを外した。たっぷり精液が入ったそれは、重たそうだった。

「……今度はそれ、中で出してほしい……」

フリッツの精をもらったゴムが羨《うらや》ましくて囁くと、フリッツは駄々《だだ》をこねる子どもを見るようにテオを見て、笑った。口を縛ったコンドームをゴミ箱に捨て、テオを抱き込んでキスしてくる。

「……若いって怖いな。本気にしたらどうするんだ」

（本気だけど）

なんなら、今すぐ二回目をしてほしいし、次はコンドームをつけずに入れてほしい――そう言おうとしたけれど、テオはとろとろとした眠気がやってくるのを感じて、思わずあくびをした。

フリッツの大きな手が、テオの頭を撫でる。

「……フリッツ、もう一回」

テオは眠気に抗《あらが》ってそう言ったけれど、フリッツがテオの体を抱き寄せながら苦笑する気配がした。

「望むところだが……明日もある。今日は寝ろ」

「でも……」

ここで寝るのはあまりにも勿体《もったい》ない。口答えする気でいたテオは、けれど、フリッツの次の言葉で黙った。

「明日も、明後日も、しあさっても……これから先ずっと、俺たちは同じベッドで眠るんだ。急がなくていいよ」

幾千の夜をともに過ごすのだと、フリッツが言った。

その言葉になぜか力が抜けて、テオはうとうとと瞼を閉じかける。

「……朝ご飯は？」

「もちろん、一緒に食べるさ。癪《しゃく》だが、フォルケの次男が言っていたパン屋に行ってもいいな。……なんにせよ、これからは死ぬまで、俺たちは同じ食卓につく」

朝の食事をとって、仕事に出かける。

帰ってきたら、また同じ食卓で夕飯をとり、夜の時間を過ごす。

飽きるほど一緒にいる予定だろ？

フリッツに訊かれて、テオはくすくすと笑った。

胸に温かなものが満ちあふれ、このうえない幸福がテオを包み込む。

やがてすんなりと眠りの中に引き込まれていくテオは、フリッツが額に「おやすみ」と言いながらキスしてくれたことだけは分かったけれど。

そのとき、自分がどんな顔をしていたのかまでは、知らなかった。

心から安心して、眠りにつく子どものように――テオは満ち足りた微笑を浮かべて、世界一美しい瞳を、優しく閉じていた。

あとがき

初めましての方は初めまして。お久しぶりの方はお久しぶりです。樋口美沙《ひぐちみさ》緒《お》です。

『愛の嘘を暴け！』お手にとっていただきありがとうございます！　実はこれ、スピンオフなんですよね。これだけでも読めますので、前作を読まなくても大丈夫ですが、しっかり準備してから読みたい！　と思ってくださる方は、『愛の在り処をさがせ！』『愛の在り処に誓え！』をお読みくださってからだと、より楽しめるかもしれません。よろしくお願いいたします！

とりあえず……テオとフリッツの話が書けて良かった。この二人、どちらも穏やかなので、途中「なんも起きないんちゃう……？」という焦りを覚えながら書いてました。でも、二人らしい心の遍歴をたどれたかな？　と思います。

すんばらしいイラストを今回もご提供くださった街子《まちこ》先生！　信頼度一億。ありがとうございます！　担当様も、励ましてくださって、最後まで見守ってくださりありがとうございます！　読者の皆様にも感謝を。

樋口美沙緒

Hanamaru Bunko
作家・イラストレーターの先生方へのファンレター・感想・ご意見などは
〒101-0063 東京都千代田区神田淡路町2-2-2
白泉社花丸編集部気付でお送り下さい。
編集部へのご意見・ご希望などもお待ちしております。
白泉社のホームページはhttp://www.hakusensha.co.jpです。

白泉社花丸文庫
愛の嘘を暴け！

2024年6月10日　初版発行

著　者　樋口美沙緒 ©Misao Higuchi 2024
発行人　高木靖文
発行所　株式会社白泉社
〒101-0063 東京都千代田区神田淡路町2-2-2
電話 03-3526-8070 (編集部)
03-3526-8010 (販売部)
03-3526-8156 (読者係)
印刷・製本　株式会社広済堂ネクスト
Printed in Japan　HAKUSENSHA　ISBN978-4-592-87750-9
定価はカバーに表示してあります。